Tatort **Albertshofen**

Alexander Pelkim

Tödlicher Spargel

Buchverlag Peter Hellmund

Alle in diesem Buch geschilderten Handlungen und Personen sind frei erfunden. Ähnlichkeiten mit lebenden oder verstorbenen Personen wären rein zufällig und sind nicht beabsichtigt.

Heimkehr

Das Telefon klingelte und klingelte und klingelte. Einer Vorahnung folgend, zögerte sie, den Hörer abzunehmen. Schließlich tat sie es doch.

»Grömmert.«

»Nicole?«

»Ja! Wer ist denn da?«

»Hier spricht dein Vater.«

»Du ...?« Ungläubiges Schweigen. »Wie komm ich zu der Ehre, dass du dich mal meldest?« Die Überraschung in ihrer Stimme war nicht zu überhören. »Was willst du?«, fragte sie gleich darauf misstrauisch.

»Keine Angst«, beruhigte sie ihr Vater. »Ich habe vor, eine Regelung über mein Erbe und meine Nachfolge zu treffen. Ich will die Verteilung notariell absegnen lassen. Wer anwesend ist, wird berücksichtigt, wer nicht kommt, geht leer aus. Wenn du Interesse an deinem Anteil hast, solltest du für einige Tage nach Hause kommen. Deinen Brüdern werde ich auch Bescheid geben.«

Seine Stimme klang für sie wie eh und je: herablassend und unpersönlich.

»Nach Hause? Mein Zuhause ist hier. In Albertshofen hab ich keines mehr. Das wurde mir vor langer Zeit genommen.«

»Komm bitte! Ich möchte jetzt nicht mit dir streiten. Deshalb habe ich nicht angerufen«, versuchte er ihren aufkommenden Unmut zu besänftigen. »Ich hatte vor knapp zwei Jahren einen Herzinfarkt. Mein Arzt hat mir geraten, Aufregungen aus dem Weg zu gehen. Ich habe vor, den Rat zu befolgen. Aber bitte, wenn du an deinem Erbteil nicht interessiert bist ...«

»So, und wie hast du dir das vorgestellt?«

»Das erfahrt ihr alles, wenn ihr da seid, nicht hier am Telefon.«

»Wann?«

»In der ersten Maiwoche. Leider habe ich noch keinen genauen Termin, weil Dr. Walther, der Notar, im Moment nicht erreichbar ist. Vielleicht kannst du dir die Woche Anfang Mai freihalten. Ich gebe euch dann noch genau Bescheid.«

Nach dem Telefonat musste sich Nicole Grömmert einen Augenblick setzen. Das Gespräch und die Stimme ihres Vaters hatten Erinnerungen geweckt. Erinnerungen, die sie lieber tief in ihrem Innersten verborgen gelassen hätte. Die sie aus ihrem Leben verbannt hatte, ohne sie wirklich loszuwerden. Bilder aus der Heimat tauchten auf. Ereignisse, die mitentschieden hatten, dass es so war, wie es war. Und in allen kam ihr Vater vor. Ein paar Minuten und wenige Worte hatten ausgereicht, um die unangenehmen Erinnerungen in Verbindung mit Vater und Elternhaus an die Oberfläche zu bringen.

*

Langsam, aber mit lautem Gepolter rollte der Zweisitzer auf Chris-Tina, die kleine Mainfähre zwischen Mainstockheim und Albertshofen, die tagtäglich Fußgänger, Zweiradfahrer und Fahrzeuge über den Fluss beförderte. Drei bis vier Pkws passten – je nach Größe – auf das 24 Tonnen schwere Wassergefährt, von den Einheimischen liebevoll »eiserne Lady«

genannt. Die attraktive Frau am Steuer des Cabrios stieg aus und bezahlte am Fährhaus den Fahrpreis. Durch ihre Sonnenbrille musterte sie die Silhouette ihrer ehemaligen Heimatgemeinde am anderen Ufer. Gemischte Gefühle stiegen in ihr auf, einerseits neugierig, ihre Geschwister und die alte Heimat wiederzusehen, andererseits skeptisch bei dem, was sie erwartete. Gedankenversunken beobachtete sie ein Schwanenpaar, das sich am diesseitigen Ufer mit der leichten Strömung treiben ließ. Ganz gemächlich und majestätisch zogen sie vorbei, unbeeindruckt von dem Treiben links und rechts des Wassers. Ein weiteres Auto fuhr auf die Fähre. Es folgten drei Rennradfahrer in sportlichem Outfit, die auf einer längeren Tour zu sein schienen.

Gleich darauf begann der 50 PS starke Dieselmotor seine Arbeit. Die Fähre legte ab und schob sich langsam aus dem ruhigeren Uferbereich in die zur Mitte hin stärker werdende Strömung. Mit Erfahrung und Geschick manövrierte der Fährmann das Gefährt von der Betonrampe über den an dieser Stelle rund achtzig Meter breiten Main. Schon nach knapp zwei Minuten hatte Chris-Tina mit ihren Passagieren das andere Ufer mit dem betonierten Anleger erreicht. Die Fährschranke hob sich und gab die Fahrt frei.

Nicole betrat seit langen Jahren wieder heimischen Boden. Sie fuhr absichtlich einen Umweg durch den Ort, über die Mainstraße und Kirchstraße bis zur Kitzinger Straße. Dort bog sie nach links ab und folgte dem Schild Richtung Mainsondheim auf der gleichnamigen Straße aus dem Ort heraus eine leichte Anhöhe hinauf. Da, wo die Hauptstraße auf der Höhe einen Knick nach rechts machte, zweigte ein asphaltierter Weg ab und führte geradeaus. An der Abzweigung standen zwei Hinweisschilder. Auf dem einen war zu lesen:

»Gemüse- und Spargelanbau Belling«, das zweite Schild war ein Wegweiser zum Hotel »Mainblick«. Etwa dreihundert Meter entfernt tauchte das Betriebsgelände mit zwei großen gläsernen Gewächshäusern auf, daneben zwei Hallen mit Verladebereich und Büro. Nicole steuerte ihren Wagen daran vorbei und folgte dem Linksknick der Straße, die auf der Anhöhe in Richtung Main führte. Zwischen den Anbauflächen und den ersten Rebhängen kam das Hotel in Sicht.

Schwungvoll bog sie mit ihrem schnittigen Sportwagen auf den geräumigen Parkplatz vor dem Hotel »Mainblick«. Die Auswahl der Parkmöglichkeiten war groß, nur wenige Fahrzeuge standen dort. Sie parkte ihren Zweisitzer in der Nähe des Hoteleingangs neben einem in die Jahre gekommenen VW-Passat. Graziös stieg sie aus dem Cabrio, zog die Sonnenbrille ab und entledigte sich ihres Kopfschmuckes. Die strahlende Maisonne hatte sie dazu bewogen, mit offenem Verdeck zu fahren. Zum Schutz der Frisur gegen den Fahrtwind hatte sie ein Kopftuch umgebunden, das sie nun samt der Brille achtlos auf den Beifahrersitz warf. Mit den Händen fuhr sie sich durchs Haar und schüttelte die schulterlangen honigfarbenen Locken zurecht. Die wenigen Gäste auf der Terrasse beachtete sie kaum, dafür wurde sie umso mehr beäugt. Ihr Blick wanderte über das Anwesen und blieb schließlich an dem schäbigen, ehemals dunkelblauen Wagen auf dem Nachbarparkplatz hängen. Wie Jahresringe bei einem Baum waren bei dem Fahrzeug rundherum deutliche Spuren von Verschleiß, Rost und leichten Blessuren erkennbar. Sie registrierte das Stuttgarter Kennzeichen und wusste Bescheid.

»Armer Franz, fährt immer noch dieselbe alte Schüssel«, stellte sie kopfschüttelnd fest und verzog den Mund.

»Hallo Schwesterchen!«, klang es vom Hoteleingang her, wo der Besitzer der ›alten Schüssel‹ stand. »Nobel geht die Welt zugrunde«, meinte er und deutete mit dem Kopf auf den silbernen Sportflitzer.

»Was man bei dir nicht behaupten kann«, revanchierte sie sich mit einem Seitenblick auf das verblasste abgenutzte Vehikel ihres Bruders.

»Mehr gibt das schmale Lehrergehalt als Alleinverdiener mit Frau und zwei Kindern nicht her.«

Er trat auf seine Schwester zu und umarmte sie.

»So, so, schmales Gehalt! Und woher kommt das dann?«, fragte sie lächelnd und klopfte ihm auf das kleine, aber deutlich erkennbare Bäuchlein, das sich unter dem Hemd abzeichnete.

»Eindeutig zu wenig Bewegung. Erst in der Schule und dann zuhause. Aufgaben korrigieren, vorbereiten auf den nächsten Unterricht und das Verwöhnprogramm meiner Frau, das macht den Kampf gegen die Pfunde nicht gerade leicht.«

»Daran lässt sich mit gutem Willen etwas ändern«, entkräftete sie seine Ausrede. »Ist Martin auch schon da?«, wechselte sie das Thema und sah sich um.

»Nein.«

»Und wo ist *er?* Du weißt schon.«

»Drinnen.« Franz deutete mit dem Daumen über die Schulter ins Haus.

»Und ...?«

»Alt geworden, aber immer noch bissig.«

»War nicht anders zu erwarten.«

»Hat mich auch gleich auf mein Auto angesprochen. Ob ich mir nichts Besseres als diese Schrottkarre leisten kann.«

»Dachte ich mir's doch, wie eh und je.«

»Wenigstens kannst du jetzt mit deiner Nobelkarosse punkten.«

»Dafür findet er bei mir sicherlich etwas anderes, das er kritisieren kann.«

Während des Gesprächs öffnete Nicole die Heckklappe ihres BMW Z4. Zum Vorschein kamen ein großer Koffer, eine Reisetasche und ein kleiner Kosmetikkoffer.

»Willst du länger bleiben?«, fragte ihr Bruder und deutete auf den vollen Kofferraum.

»Nein, nein, Gott bewahre, nicht länger als nötig«, wehrte sie ab. »Ich weiß nie, was ich mitnehmen und anziehen soll, also packe ich immer mehr ein als notwendig.«

»Typisch Frau.«

Kommentarlos griff sie zum Kosmetikkoffer und schritt Richtung Hoteleingang. Wie selbstverständlich schnappte sich Franz den großen Koffer zusammen mit der Reisetasche und lief hinterher.

In dem kleinen, stilvoll eingerichteten Foyer schaute sich Nicole um. Es sah noch so aus wie vor fünfzehn Jahren. Links neben dem Eingang eine Sitzgruppe und ein Ständer mit Veranstaltungskalendern, Wanderkarten und Freizeithinweisen. Rechts, gegenüber dem Treppenaufgang, eine Holzbank, eingerahmt von Grünpflanzen. Nein, der Teppich war ein anderer, überlegte sie und blickte zur Anmeldung. Eine freundliche junge Dame lächelte ihr entgegen. In dem Moment wurde ihre Aufmerksamkeit auf die linke Seite neben dem Empfangstresen gelenkt. Dort befand sich eine Tür mit der Aufschrift »Büro«. Dahinter waren laute Stimmen von mindestens zwei Personen zu vernehmen, beide von der Stimmlage her männlich. Ob es sich um einen Streit, eine hitzige Diskussion oder nur um Schwerhörige handelte, die sich unterhielten, war nicht festzustellen.

Gleich darauf öffnete sich die Tür und zwei ältere Männer traten heraus. Der eine davon groß, derb, mit Halbglatze, buschigen Augenbrauen und leichtem Bauchansatz. Er trug ein kariertes Hemd, blaue Jeans und führte das Wort – ihr Vater. Der andere Mann, bedeutend kleiner, gewichtiger und mit hochrotem Kopf, ob vor Zorn, Aufregung oder zu hohem Blutdruck, konnte Nicole nicht feststellen. Zumindest der letzte Teil der Unterhaltung war sehr emotional. Das vernahm Nicole aus den wenigen Worten, die sie und ihr Bruder mitbekamen, genau wie das Personal am Empfang.

»Heinz, verdammt, wir waren uns doch schon so gut wie einig. Vielleicht überlegst du es dir noch mal«, sagte der Besucher und hob enttäuscht die Hände in die Höhe.

Nicole kam das Gesicht des kleineren, dicklichen Mannes bekannt vor, sie konnte es aber mit keinem Namen verbinden. Zu weiteren Überlegungen hatte sie keine Zeit, denn im selben Augenblick bemerkte ihr Vater sie.

»Es ist alles gesagt, lass uns hier abbrechen. Meine Entscheidung ist gefallen«, unterband der alte Belling rigoros weitere Einwände seines Gesprächspartners. »Ah, meine Tochter ist angekommen. Kennst du sie noch?«

Undefinierbares, missmutiges Gemurmel war die Antwort des Mannes, der, ohne sich zu verabschieden, sich Richtung Ausgang wandte.

»Ihr Vater ist derselbe sture Ochse, der er schon immer war«, sagte er im Vorbeigehen zu Nicole.

»Das ist nichts Neues«, entgegnete sie gelassen. »Verraten Sie uns auch, was diesmal der Grund ist?« Der Anflug von Sarkasmus war nicht zu überhören.

Statt einer Antwort stürmte der kleine Dicke grußlos hinaus, vorbei an Nicoles Bruder Franz, der wie ein Hausboy mit dem Gepäck in der Hand mitten im Empfangsbereich stand.

»Geschäfte«, erklärte Heinz Belling auf den fragenden Blick seiner Tochter hin und winkte ab. »Der beruhigt sich schon wieder«, knurrte er grimmig. »Gut siehst du aus. Die feine Lady, die du schon immer sein wolltest.« Er nickte anerkennend, während er die schlanke Frau in der engen weißen Jeans, dem dünnen hellen Pullover und der offenen rotbraunen Nappalederjacke taxierte. »Du hast was aus dir gemacht. Nicht so trostlos wie dein Bruder, das graue Schulmeisterlein«, meinte er, den Blick in die Richtung gewandt, wo Franz immer noch mit den Gepäckstücken wartete.

Mit seiner dunkelgrauen Stoffhose, dem taubenblauen Hemd und seiner etwas unbeholfenen Art sah der Genannte wirklich nicht sehr vorteilhaft aus. Hinter der unscheinbaren Fassade verbarg sich aber eine ordentliche Portion Intelligenz. Leider stand ihm sein zurückhaltendes Wesen im Weg, um mehr Kapital aus seinem Wissen zu schlagen. So hatte er sich damals mit einer Anstellung als Lehrer begnügt, obwohl sich für ihn in der freien Wirtschaft sicherlich weit lukrativere Möglichkeiten ergeben hätten.

»Vater, es ist gut«, protestierte der Angesprochene. »Ich bin nicht hierhergekommen, um mich von dir beleidigen zu lassen.«

»Ach, stell dich nicht so an. Ich sag doch nur die Wahrheit. Du bist ein Versager ... und du bist wegen deines Erbteils gekommen. Dafür würdest du dir auch in den Hintern treten lassen. Habe ich recht?«

»Willkommen im trauten Heim. Alles wie gehabt, da fühlt

man sich doch gleich wieder wohl«, ertönte es von der Eingangstür.

Während des kleinen Geplänkels war draußen ein weiteres Auto vorgefahren, aus dem ein großer schlanker Mann ausgestiegen war. Nun stand der neue Gast mit einer schwarzen Reisetasche in der Hand im Türrahmen. Lässig wie ein Sunnyboy schob er die Sonnenbrille nach oben und schaute jeden Einzelnen an.

»Martin!«, rief Nicole erfreut.

»Hallo Brüderchen!« Franz stellte das Gepäck ab und begrüßte seinen jüngeren Bruder mit Handschlag. Martin war nähergetreten. Die Schwester machte einige Schritte auf ihn zu und drückte ihn. Nur der Vater zeigte keinerlei Regung.

»Na, dann sind wir ja vollzählig.« Ohne einen weiteren Gruß verschwand der alte Belling wieder in seinem Büro.

»Wo schlafen wir überhaupt?«, fragte Nicole. »Ich muss mich mal frisch machen und umziehen.«

»Ich hoffe doch in einem Bett, und zwar jeder in seinem eigenen«, bemerkte Martin trocken.

Seine Schwester trat an den Empfangstresen zu der freundlichen jungen Frau. Die hatte die ganze Zeit über getan, als sei sie beschäftigt, und hatte die ganze Szene mitbekommen. Krampfhaft versuchte sie sich nichts anmerken zu lassen, aber Nicole hatte das Gefühl, das sie peinlich berührt war.

»Machen Sie sich nichts daraus, Fräulein«, redete sie auf die junge Dame am Empfang ein, »auch *so* kann Familie aussehen, falls Sie vorhaben eine zu gründen.« Die Angesprochene errötete leicht, ging aber lächelnd mit der Situation um.

»Es sind Zimmer für uns reserviert«, sagte Franz, bevor die Frau an der Anmeldung antworten konnte. »Wir haben die VIP-Suiten für besondere Gäste, mit Blick auf den Hinterhof«, fügte er geringschätzig hinzu.

»Was hast du dir erhofft? Etwa offene Arme? Eine große Wiedersehensfeier? Versöhnung unter Tränen? Einen roten Teppich? Pah! Ich hab nichts anderes erwartet«, meinte Nicole achselzuckend und nahm ihren Zimmerschlüssel entgegen. »Bringen wir es hinter uns, je schneller, umso besser.« Sie steuerte auf die Treppe zu mit ihrem Bruder Franz und dem Gepäck im Schlepptau. Als Letzter folgte Martin.

*

Frisch geduscht und umgezogen trat Nicole zwei Stunden später auf die Terrasse des Restaurants. Drei der vier vorderen Tische am Ende des Außenbereichs waren besetzt. Sie strebte dem letzten freien Tisch zu. Statt sich zu setzen, blieb sie einen Moment stehen, um den Ausblick zu genießen. Die Sonne schickte sich an, langsam unterzugehen, und tauchte alles in ein goldenes Licht. Sie wurde fast ein bisschen wehmütig bei dem Anblick. Das Anwesen der Bellings auf der Anhöhe stand gut zwanzig, vielleicht dreißig Meter oberhalb des Flusses. Hangabwärts erstreckten sich die Rebstöcke bis zu einem betonierten Weg nahe des Ufers. Genau gegenüber lag der Ort Mainstockheim, links und rechts an den Hängen eingerahmt von Weinbergen. Man hatte einen herrlichen Blick auf den Main – soweit keine Bäume die Sicht versperrten. Der Campingplatz direkt am anderen Ufer und das Fährboot, mit dem sie übergesetzt hatte, waren jedoch von hier aus nicht zu sehen. Dafür beobachtete sie eine kleine Radlergruppe, die diesseits auf dem gut ausgebauten Fahrradweg entlang des Flusses unterwegs war.

»Nicole? Bist du das?«

Die junge Frau wurde aus ihren Betrachtungen gerissen. Die Stimme kam vom Nachbartisch. Dort erhob sich ein Mann und lächelte sie an. Der schwarze Lockenkopf kam ihr bekannt vor, der Schnauzer und der Dreitagebart weniger. Bei dem Blick in seine dunklen Augen dämmerte es ihr.

»Paul ..., Paul Edmond! Beinahe hätte ich dich nicht erkannt.«

»Genauso ging es mir mit dir. Ich musste zweimal hinschauen. Toll siehst du aus. Wir haben uns ja schon eine Ewigkeit nicht mehr gesehen«, sagte er und trat zaghaft näher.

»Stimmt, ich war auch schon ewig nicht mehr da.«

»Seit dem Studium habe ich nichts mehr von dir gehört. War das nicht zu der Zeit, als deine Mutter ...?« Der junge Mann merkte, dass er hier einen Nerv getroffen hatte, und hielt inne. »Na ja, ist auch egal. Schön, dass ich dich wieder getroffen habe. Bleibst du länger? Sehen wir uns noch?«

»Allzu lange werde ich vermutlich nicht bleiben. Wir haben Familienangelegenheiten zu regeln«, antwortete sie mit knappen Worten. »Mal sehen, vielleicht ergibt sich was.«

»Du kannst dich ja melden. Ich würde mich freuen. Du weißt hoffentlich noch, wo mein Elternhaus steht. Da wohne ich immer noch.« Die Worte wirkten beinahe ein wenig verlegen und schüchtern.

Nicole nickte und verschränkte die Arme zum Zeichen, dass sie fröstelte. In dem Augenblick winkte ihr Bruder Franz ihr vom Restauranteingang zu. Das Zeichen bedeutete wohl, sie sollte hineinkommen. Mit einer kurzen Entschuldigung verabschiedete sie sich von dem Mann. Erst jetzt stellte sie überrascht fest, dass ihr Herz die ganze Zeit schneller pochte als gewöhnlich. Die Begegnung hatte sie innerlich aufgewühlt. Eigentlich ganz logisch, es war ihre verflossene

Jugendliebe. Paul Edmond war ein ehemaliger Klassenkamerad und ihre erste große Liebe gewesen. Außerdem hatte er sich zu seinem Vorteil verändert, fand Nicole. Aus dem hübschen Jungen war ein prächtiges Mannsbild geworden. Die Erinnerungen ließen sie lächeln. Nur die Schüchternheit wollte so gar nicht zu ihm passen, wenn sie an früher dachte. Emotionen kamen bei ihr hoch. Sie erinnerte sich an ihren ersten Kuss. Gerade mal vierzehn Jahre alt waren sie da gewesen. Sie saßen damals auf einem Felssbrocken in einem Gebüsch nur wenige Schritte vom Main entfernt. Da war es passiert. Eigentlich hatte Paul es gewollt und sie hatte es zugelassen. Nein, wenn man es richtig nahm, hatte sie es auch gewollt oder war zumindest neugierig gewesen. Vielleicht war auch der Schluck Wein daran schuld, dass es passierte. In der Clique, mit der sie damals umherzog und die einige Meter weiter am Ufer gesessen war, wurden die ersten alkoholischen Geschmackserfahrungen gemacht. Der eine oder andere hatte heimlich in die väterliche Vorratskiste gegriffen und Wein stibitzt. In gemütlicher Runde ließ man die »Beute« kreisen. Natürlich hatte Nicole auch genippt. Schließlich wollte sie genauso cool und erwachsen wirken wie die anderen. Da konnte man sich nicht einfach ausschließen. Schon wenige Schluck hatten ausgereicht, dass ihr das Zeug zu Kopf stieg.

Bis zum Ende der Schulzeit waren Paul und sie zusammengeblieben. Dann hatte das Studium Nicole nach München verschlagen. Die Besuche zuhause wurden immer spärlicher. Es lag nicht zuletzt auch an den familiären Verhältnissen. Um die Mutter tat es ihr leid und die wenigen Wochenenden, in denen sie da war, opferte sie ausschließlich ihr. Tapfer ertrug sie dabei die Launen ihres Vaters. Dann kam der Tag mit dem schrecklichen Ereignis. Der Treppensturz ihrer Mutter. Mit vollen Händen war sie die Treppe von der Privatwohnung im zweiten Stock hinabgestürzt. Genickbruch. Sie war sofort tot. Nicole war gerade nach Hause gekommen, als es passierte. Von unten hatte sie einen Aufschrei gehört, danach das Gepolter des Sturzes und schließlich Totenstille. Hastig war Nicole die Treppe hochgestürmt, hatte dabei zwei, drei Stufen auf einmal genommen. Auf halber Höhe zwischen dem ersten und zweiten Stock des Treppenhauses hatte sie ihre Mutter neben einem Wäschekorb liegend gefunden, der Inhalt lag verstreut auf der oberen Hälfte der Treppe. In unnatürlich verdrehter Haltung und mit weit geöffneten Augen lag sie da. Tränenüberströmt hatte Nicole ihre Mutter in den Arm genommen und konnte zuerst nicht verstehen, warum sie sich nicht regte. Dann, beim zweiten Blick in ihr Gesicht mit den starren, leblosen Pupillen, begriff Nicole langsam, dass ihre Mutter sich nie wieder bewegen oder etwas sagen würde. Oben an der Treppe tauchte in diesem Moment ihr Vater auf, kreidebleich, mit versteinertem Gesicht. Diesen Anblick hatte sie bis heute nicht vergessen können. Zu keinem Zeitpunkt hatte ihr Vater jemals mit irgendjemand über das Geschehene gesprochen. Das Ganze war als Unfall zu den Akten gelegt worden. Ihre Mutter wollte mit einem Korb dreckiger Wäsche zum Waschen in den Keller, dabei sei sie gestolpert und gestürzt, so die Aussage, die ihr Vater bei der Polizei zu dem tödlichen Vorfall gemacht hatte. Nicole hatte man auch befragt, aber da sie nichts gesehen hatte, war ihre Aussage nicht hilfreich. Bis heute träumte sie immer noch manche Nacht von dem Unglück, hörte den Aufschrei ihrer Mutter und wachte schweißgebadet auf.

Wenige Monate nach der Beerdigung war Nicole zum letzten Mal in ihrer Heimat. Sie hatte sich schon lange vor dem Unglück finanziell von ihrem Vater losgesagt und nebenbei gejobbt, um ihr Studium zu finanzieren. Ihre Mutter hatte sie heimlich weiterunterstützt und ihr so oft wie möglich ein bisschen Geld zukommen lassen. Unter den ganzen Umständen litt auch die Beziehung zu Paul, die schließlich gänzlich zerbrach, als sie in München ihren jetzigen Mann kennenlernte. All diese Gedanken gingen ihr im Schnelldurchlauf durch den Kopf, während sie langsam auf den Restauranteingang zuging.

»Was ist los?«, fragte Nicole, als sie Franz erreichte.

»Es soll Essen geben. Man hat für uns im Hinterzimmer gedeckt.«

»Wie? Essen im *Kreis der Familie* oder was?«

»So ähnlich.«

»Mit oder ohne Vater?«

»Weiß nicht, denke mal, mit ...«

»Hoffentlich geht das gut. Also, auf in die Schlacht«, meinte Nicole und hakte sich bei ihrem Bruder unter.

»Wer war der Typ, mit dem du gerade gesprochen hast?«

»Kannst du dich noch an Paul Edmond erinnern, meine große Jugendliebe?«, schwärmte Nicole.

»Nein, kann ich nicht. Müsste ich?«

»Ach Mensch, Franz, ich war etliche Jahre mit ihm zusammen. So hast du auf deine kleine Schwester aufgepasst«, tat Nicole entrüstet und boxte ihm dabei scherzhaft in die Seite.

»Was, das war das schmächtige Bürschlein von damals? Hatten die Edmonds nicht eine Kneipe?«

»Haben sie immer noch. Eine Gaststätte. Heißt auch immer noch ›Zum Mainfischer‹.«

Das Hinterzimmer, das sie ansteuerten, war ein separater kleinerer Gastraum, durch eine zweiflügelige hölzerne Schiebetür vom restlichen Lokal getrennt. Bei Hochbetrieb wurde die Tür geöffnet und der Raum für die Gäste freigegeben, ansonsten stand er für kleinere Versammlungen und private Feiern zur Verfügung. Zwei zusätzliche Türen sorgten dafür, dass man den Raum unbeobachtet von den Gästen im Lokal betreten konnte. Eine Tür führte zum Gang Richtung Küche. Durch die andere Tür – gegenüber der Schiebetür – gelangte man zu den Treppen hinauf in die oberen zwei Stockwerke, zu den Toiletten und zum Hinterausgang.

Von dort betrat gerade der alte Belling den Raum, während seine drei Kinder gleichzeitig durch die Schiebetür hereinkamen. Wortlos setzten sich die vier an den gedeckten Tisch. Wie in der Erntesaison des »königlichen Gemüses« nicht anders zu erwarten, gab es Spargel in allen Variationen: Spargelcremesuppe, Spargelsalat, Spargel gegart, mariniert und gebraten, im Schinkenmantel, mit feiner Soße, neuen Kartoffeln und panierten Schnitzeln.

Als alle saßen, sagte Heinz Belling mit einem Blick in die Runde: »Ich hoffe, ihr erwartet von mir keine Willkommensrede. Danach steht mir nämlich nicht der Sinn und ihr werdet darauf verzichten können. Greift zu.«

Die wenigen Worte wirkten wie eine glimmende Zündschnur, an deren Ende nur etwas Unangenehmes passieren könnte. Einerseits klangen sie spöttisch, andererseits provokant. Jeder spürte die Spannung, die in dem Raum herrschte. Sie hing wie eine drückende Schwüle in der Luft, die einen Regenschauer oder ein Gewitter erwarten ließ. Trotzdem verhielten sich alle zurückhaltend und beherrscht. Selbst unter den Geschwistern wollte im Beisein des Vaters keine Unterhaltung aufkommen. Schweigend machte man sich über die Speisen her. Alle Köpfe waren gesenkt und die Blicke konzentrierten sich auf die Teller. Einige Minuten lang war das Klirren der Bestecke und des Porzellans das vorherrschende Geräusch im Raum.

Nicole war die Erste, die das Schweigen brach. »Wer war eigentlich dein vollschlanker Streitpartner von heute Nachmittag? Irgendwie kam der mir bekannt vor.«

Heinz Belling lachte. »Vollschlanker Streitpartner! Das ist gut! Ja klar, eigentlich müsstest du den kennen. Den müsstet ihr alle noch kennen. Das war Werner Rademann, mein langjähriger Fleisch- und Wurstlieferant aus Kitzingen. Er hat einen großen Schweinemastbetrieb und eine Großschlachterei mit Metzgereifilialen im ganzen Landkreis und darüber hinaus. Vielleicht kennt ihr ja noch seine Tochter Stefanie. Ein schmächtiges schwarzhaariges Mädchen mit Zöpfen. Sie war früher öfters mit dabei, wenn ihr Vater da war. Sie ist auch heute noch oft bei uns im Haus. Stefanie ist eine gute Freundin von Claudia Kramer, die das Hotel leitet.«

»Ja, ja, ich kann mich ganz dunkel erinnern.« Auch ihre Brüder nickten. Noch etwas ging Nicole durch den Kopf. Kramer – hatte der Name nicht auf dem kleinen silbernen Namensschild gestanden, das die Dame am Empfang getragen hatte? Schließlich wechselte Nicole das Thema. »Willst du uns nicht endlich mal sagen, was das hier werden soll?«

»Was meinst du?«

»Na, hier und jetzt.«

»Das, was es bereits ist, ein Abendessen. Nicht mehr und nicht weniger.«

»Quatsch«, ereiferte sich Bellings Tochter, »ich meine

natürlich unser Treffen. Der Grund, weswegen wir alle hier sind.«

»Oh, das meinst du! Mehr als die Andeutung, die ich schon am Telefon gemacht habe, will ich noch nicht bekannt geben.« Nicole holte tief Luft, um etwas zu sagen. Die erhobene Hand des Vaters ließ sie innehalten. »Stopp! Bevor du loslegst, hört mir weiter zu. Ihr kennt ja die Geschichte mit eurem Anspruch auf Pflichtteil und so von den Erbangelegenheiten her, nachdem eure Mutter gestorben war. Jetzt habe ich vor, zu Lebzeiten eine Regelung zu treffen. Im Großen und Ganzen steht mein Entschluss fest. Ich möchte, dass Dr. Walther, der Notar, euch die Sache von der rechtlichen Seite her erklärt. Ihm liegen auch entsprechende Unterlagen vor, die gewisse Entscheidungen offiziell bekräftigen. Gleichzeitig ist er Bevollmächtigter über das, was ich bestimmen möchte. So hoffe ich, es hat alles seine Ordnung.«

»Und wie sieht das im Detail aus?«

»Ähh ...! Kein Kommentar. Lasst euch überraschen.«

»Typisch! Immer dein Ding machen ohne Rücksicht auf Verluste. Hast du immer noch nicht kapiert, dass daran unsere Familie zerbrochen ist? Warum hast du uns denn überhaupt geholt, wenn du sowieso alles alleine entscheidest. Ich dachte, du hättest daraus gelernt und würdest mit uns reden wollen«, sagte Nicole, leicht aufgebracht.

»Lass gut sein Schwesterchen, solche Regungen oder Einsichten kannst du von unserem Erzeuger nicht erwarten«, meinte Martin, der jüngere Bruder, mit gelöster Zunge. »Noch nicht mal bei Mutters Tod hat er die gezeigt.« Der Jüngste der drei Geschwister hatte nur wenige Bissen gegessen und stattdessen mehr dem Frankenwein zugesprochen.

»Seid ihr hergekommen, um mir Vorwürfe zu machen?«

»Nein, aber es bietet sich doch an. Wer weiß, ob wir noch mal die Gelegenheit bekommen«, meinte Martin schnippisch.

»Fangt mir bloß nicht mit dieser Scheiße an. Dieses Geschwafel von Reue und dergleichen. Es ist, wie es ist, und nicht mehr zu ändern, basta«, knurrte Heinz Belling ungehalten.

»Er will unsere blöden Gesichter sehen, wenn seine Entscheidungen verkündet werden«, kicherte Martin albern.

»Hör auf zu trinken, wenn du es nicht verträgst«, fauchte der Senior jetzt aufgebracht. »Musst du dir Mut antrinken, bevor du dich mit mir anlegst, oder ist es der Frust, weil ich dir nicht geholfen habe?«

»Martin bitte, halt deinen Mund. Merkst du denn nicht, dass es nichts bringt«, ging Nicole dazwischen.

»Dein Bruder will das nicht kapieren«, lachte der Alte mit einem Blick zu Nicole. »Wem es nicht passt, wie ich die Dinge kläre, der sollte gehen ... dort ist die Tür.«

»Warum hast du uns denn dann erst hierherbestellt, wenn du uns jetzt die kalte Schulter zeigst?«

Der alte Belling schüttelte den Kopf. »Wollt oder könnt ihr es nicht begreifen? Mein Entschluss steht fest und den will ich mit Brief und Siegel beurkunden lassen. Ihr seid morgen beim Notar dabei und werdet alles erfahren. Wenn nicht, nehme ich noch kurzfristige Änderungen vor. Verstanden?«

»Ist bei Ihnen alles in Ordnung oder wird noch was gewünscht?« Eine Bedienung stand in der Tür, die zur Küche führte.

»Was ist, wollt ihr noch was?«, fragte Belling. Alle schüttelten den Kopf. Der Alte legte das Besteck auf den Teller und schob ihn von sich. »Melanie, ich glaube, du kannst abräumen. Den Rest des Spargelsalates stellst du auf Seite.« Er zwinkerte der Bedienung zu, während er ihr die Schüssel reichte. »Du weißt ja Bescheid, für morgen früh.« An seine Kinder gewandt meinte er: »Ihr müsst mich jetzt entschuldigen. Das wird euch ja nicht schwerfallen. Ich denke nicht, dass mich einer von euch vermisst. Wir sehen uns morgen früh zum Frühstück wieder.«

Ohne eine Antwort abzuwarten, verließ er den Gastraum durch die gleiche Tür, durch die er gekommen war. Beinahe wäre er dabei mit einer jungen zierlichen Frau zusammengestoßen, die erschrocken einige Schritte zurückgewichen war.

»Hallo Stefanie!«

»Hallo Herr Belling!«

»Suchst du Claudia?«

»Ähh ... ja! Haben Sie sie gesehen?«

»Nein, tut mir leid.«

»Na dann such ich eben weiter, schönen Abend noch.«

Die mit Stefanie angesprochene Frau wandte sich in Richtung Empfang, Belling der Treppe zu. Derweil machte sich im Hinterzimmer einer der Brüder Luft.

»So ein arrogantes Arschloch. Ich könnte ihn umbr...«

»Martin! Verdammt, beherrsch dich!«

Die Schwester stoppte Martins Wutausbruch genau zur richtigen Zeit. Die Bedienung kam gerade wieder herein und räumte die restlichen Sachen ab. Irritiert und verlegen griff Martin zu seinem halb vollen Weinglas und kippte den Inhalt in einem Zug hinunter.

»Könnte ich noch einen Schoppen bekommen?«, fragte er die junge Dame vom Service.

»Selbstverständlich! Die gleiche Sorte noch mal?«

»Ja, ja, klar!«

»Hey, er ist immer noch dein Vater«, mischte sich Franz ein, als die Bedienung wieder gegangen war.

»Da bin ich mir nicht mehr so sicher.«

»Was soll der Blödsinn?«

»Na, überleg doch mal. Keiner von uns ist wie er. Du bist nicht so ein Arsch. Nicole ... Nicole ist vielleicht ein bisschen ...«, Martin lachte, während er überlegte. »... ein bisschen zickig, aber sonst ...!« Wieder kicherte er und suchte nach den passenden Worten. »Und ich ... ich bin auch ein ...! Ach, lassen wir das«, winkte der Jüngste der Bellings ab.

»Spinnst du jetzt oder ist das Selbstmitleid, was du da von dir gibst?«, fragte seine Schwester empört.

Wieder wurde ihre Unterhaltung unterbrochen. Melanie, die Servicekraft, brachte den Wein für Martin. Der wartete mit seiner Antwort, bis sie wieder verschwunden war.

»Wieso? Mir wäre es egal, wenn es so wäre. Ich bin nicht stolz darauf, ein Belling zu sein. Denkt daran, was er Mutter alles angetan hat.« Er nahm einen kräftigen Schluck aus dem vollen Glas. »Oder wollt ihr euch nicht mehr erinnern? Ich kann es jedenfalls noch gut. Mir klingen noch die Streitereien in den Ohren und ihr Weinen, wenn ihm die Hand wieder mal ausgerutscht war. Seid ihr sicher, dass es damals ein Unfall war, als Mutter die Treppe hinunterstürzte, oder ...?«

»Verflucht, Martin, hör jetzt auf. Was sollen diese Anschuldigungen? Das ist doch schon so lange her«, sagte Franz beschwörend.

»Aber noch nicht vergessen ... Wenigstens nicht bei mir ...«

»Warum bist du dann gekommen, wenn du so einen Hass auf ihn hast?«

Wieder lachte der schlanke junge Mann und diesmal klang es ironisch. »Ich werde diesem Drecksack keinen Cent von dem überlassen, worauf ich Anspruch habe. Da steckt auch noch Mutters Anteil mit drin. Außerdem ... außerdem brauch ich das Geld«, gestand er kleinlaut.

»Warum? Was ist los?«, fragte Nicole besorgt. »Ist das die Angelegenheit, von der unser Vater vorhin sprach, als er meinte, er habe dir die Hilfe verweigert?«

»Lass gut sein, Schwesterchen, das ist meine Sache.«

Nachdenklich blickte Nicole ihren Bruder an. Dann nahm sie Blickkontakt mit Franz, dem Älteren, auf. Der hob hilflos die Arme zum Zeichen, er habe auch keine Ahnung, worum es gehe.

»Und du bist sicher, dass du nicht darüber reden willst? Vielleicht können wir dir helfen.«

Erneut lachte Martin. Diesmal klang es etwas gequält. »Das bezweifle ich.«

»Versuch's doch wenigstens.«

»Können wir ein anderes Thema anschneiden?«

»Okay! Wie geht's euch so Jungs? Wir haben schon länger nichts mehr voneinander gehört. Bisher sind wir noch gar nicht dazu gekommen uns auszutauschen.«

»Danke, mir geht's gut. Bei mir gibt es nichts Besonderes zu berichten. Du weißt ja, was ich mache«, antwortete Franz. »Vicky und die Kinder sind auch wohlauf.«

»Na, und bei dir Martin?«

»Ich glaube, ich brauch noch einen Trunk.« Der Angesprochene ergriff sein Glas und leerte es erneut. Ein bisschen schwerfällig erhob er sich und strebte mit dem Glas in der Hand zur Schiebetür. Der Wein hatte die Zunge schon bedeutend schwerer werden lassen, als er anfügte: »Für mich ist ... ist das Familientreffen für heute auch beendet.« Mit diesen Worten öffnete er etwas umständlich die zweiflügelige Tür und verschwand im Gastraum nebenan. Seine Schwester ging ihm hinterher und beobachtete, wie Martin die Theke aufsuchte und sich nachfüllen ließ.

»Ich befürchte, er hat ein Problem«, hörte sie die Stimme von Franz in ihrem Rücken. Er war hinter seine Schwester getreten und folgte über ihre Schulter hinweg ihrem Blick.

»Verdammt noch mal, warum kommt er damit nicht zu uns? Wir haben doch sonst zusammengehalten.«

»Es hat sich seitdem vieles geändert und jeder von uns lebt sein eigenes Leben«, philosophierte Franz. »Das *früher*, das du meinst, gibt es nicht mehr.«

Schreck in der Morgenstunde

Mit jeder Minute wurde es heller. Die Sonne ging auf, war aber von den Bäumen des nahen Waldes verdeckt. In den beiden Kleinbussen, die hintereinander über die schmalen betonierten Wege fuhren, herrschte Stille. Die Frauen und Männer auf den Sitzen dösten vor sich hin und wippten im Takt mit den schaukelnden Bewegungen des Wagens hin und her. Zwei der Insassen lehnten mit dem Kopf am Wagenfenster, blinzelten verschlafen mit den Augen und gähnten ungeniert. Obwohl die Fahrt nur wenige Minuten dauerte, wurde jede Sekunde »Augenpflege« ausgenutzt. Gleich darauf war das Ende der Ruhephase erreicht. Die zwei Fahrzeuge wurden langsamer und stoppten wenige Meter später am Rand eines Feldes. Allmählich kam Bewegung in die Insassen. Erste vereinzelte Worte fielen. Daraus wurden kurze Sätze. Als sich die Türen öffneten, flammte osteuropäisches Stimmengewirr auf. Aus jedem der beiden Kleinbusse stiegen acht Personen. Die zwei Fahrer waren die Einzigen, die fließend deutsch sprachen, alle anderen kamen der Sprache nach aus Polen.

Der Fahrer des ersten Wagens – ein junger Mann Anfang dreißig – gab Anweisungen. Der ältere, kräftigere Fahrer des zweiten Wagens ergänzte die Anweisungen mit Bemerkungen wie, »schlaft nicht bei der Arbeit ein«, »passt bloß beim Stechen auf« oder »überseht keine Stangen«. Es waren jeden Morgen und jeden Nachmittag die gleichen Sprüche, die der leicht ergraute Ältere herunterleierte. Als langjähriger Mitarbeiter – mit weit über zwanzig Jahren Betriebszugehörigkeit – sah er sich neben seinem jüngeren Boss als Aufpasser, Antreiber und Koordinator. In Wirklichkeit lautete seine Tätigkeitsbeschreibung eher »Mädchen für alles« und durch seine jahrelange Erfahrung war er überall als »Lückenfüller« einsetzbar. Seine gut gemeinten Ratschläge wurden vom ganzen Betrieb stillschweigend geduldet.

Die beiden Fahrer öffneten die Heckklappen und verteilten Körbe und Kisten. Darin fanden sich die notwendigen Utensilien, die zur Arbeit gebraucht wurden – Handschuhe, ein gebogenes Spargelstechmesser oder Stecheisen und eine Kelle.

Die ersten der polnischen Frauen und Männer betraten das Feld. Jeder suchte sich eine der aufgehäuften Reihen aus, die mit schwarzer Folie abgedeckt waren. Darunter versteckt im Erdreich wartete das begehrte Gemüse darauf, gefunden und gestochen zu werden. Die Arbeiter schlugen die Abdeckungen am Anfang der Reihen auf die Seite, um mit der Spargelernte zu beginnen. Inzwischen hatte die aufgehende Sonne die Baumspitzen erreicht und schickte ihre ersten Strahlen darüber hinweg. Bevor jedoch die erste der weißen Stangen das Sonnenlicht erblickte, ertönte ein Ruf.

»Da kucken«, machte sich einer der polnischen Arbeiter in gebrochenem Deutsch bemerkbar, »liegen was.« Er deutete mit ausgestrecktem Arm ans Ende seiner Reihe.

»Was willst du, was ist los?«, rief der ältere Deutsche.

»Dort hinten, schauen«, radebrechte der Pole und zeigte weiterhin zur anderen Seite des Feldes.

Tatsächlich, am anderen Ende der ewig langen Folienbahnen lag etwas, was man von weitem für ein kleineres Zweirad halten konnte, und gleich daneben ein unförmiges Bündel. Alle hielten inne und richteten die Augen dorthin, nur der jüngere Deutsche nicht, er kramte weiter im Fond des Wagens.

»Und was ist da nun?«, hörte man ihn aus dem Heck des Busses fragen.

»Weiß nicht, kann man nicht genau sehen. Da liegt irgendwas, was da nicht hingehört«, sagte der Ältere.

»Was hältst du davon, einfach hinzugehen und nachzusehen? Oder traust du dich nicht? Wird schon nichts Schlimmes sein.« Das Gesicht des jungen Mannes tauchte auf und er grinste. »Na was ist, Rudi? Hast du Angst, dass es beißt?« Er wusste um die Phobie des Mannes gegen alles Tierische, was vier oder mehr Beine besaß. Ob Spinnen, Mäuse, Hunde und sogar Pferde. Er ekelte sich, hatte Furcht, gebissen, getreten oder sogar infiziert zu werden. Um alles machte er einen großen Bogen, mied seine Nähe oder nahm Reißaus.

Zögernd machte sich der Angesprochene auf den Weg. Mit seinen halbhohen Gummistiefeln stapfte er schweren Schrittes zwischen zwei Reihen des Spargelackers hindurch. Die Erntehelfer standen da und beobachteten ihn.

»Deswegen könnt ihr ruhig mit der Arbeit beginnen. Los, los, Leute, fangt schon an. Der Spargel erntet sich nicht von selbst«, forderte der junge Mann die Arbeiter auf.

Er selbst behielt seinen Mitarbeiter im Auge, der weiter missmutig in Richtung der noch unbekannten Gegenstände lief. Gleich musste er die Hälfte der Strecke geschafft haben. Plötzlich hielt Rudi – wie ihn der junge Mann genannt hatte – inne. Sekundenbruchteile später beschleunigte er seine Schritte und wurde immer schneller. Wenig später hatte er das Ende des Feldes erreicht, bückte sich kurz und kam sofort wieder zurückgelaufen. Dabei wedelte er aufgeregt mit den

Händen, als wären sämtliche Insekten dieses Planeten hinter ihm her, und rief etwas, was keiner verstand.

»Will der fliegen lernen? Gleich hebt er ab«, murmelte sein Boss kopfschüttelnd.

»Der Alte, der Alte«, glaubte er nun zu verstehen. »Matti, es ist unser Chef, der da liegt. Ruf die Rettung, einen Arzt, die Feuerwehr oder was weiß ich, an«, schrie er aufgeregt.

»Spinnst du?«

»Nein ... nein, es ist der alte Belling«, japste er atemlos. »Schnell ... schnell.«

Drei Viertel des Rückweges hatte Rudi geschafft, als er innehalten musste und sich schwer atmend auf die Knie stützte. Jetzt hatte Matthias Thanner oder »Matti« – so die vertraute Anrede der engeren Mitarbeiter – kapiert, dass es kein Scherz war. Unverzüglich zog er sein Handy und wählte den Notruf. Keine zehn Minuten später heulten Martinshörner über die Anbaufelder, auf denen überall geerntet wurde. Jeder hob den Kopf und unterbrach die Arbeit, um zu sehen, was passiert war. Der Notarzt konnte nur noch den Tod von Heinz Belling feststellen. Seine Diagnose: ein zweiter Herzinfarkt, diesmal mit tödlichem Ausgang.

Die Nachricht erreichte Nicole und ihre Brüder am Frühstückstisch. Kreidebleich und mit feuchten Augen trat die junge Angestellte, mit der sie am Vortag schon am Empfang zu tun hatten, an ihren Tisch. Diesmal trug sie kein Namensschild, aber Nicole erinnerte sich.

»Entschuldigung, wenn ich Sie beim Frühstück störe, aber es ist etwas passiert ... etwas Schreckliches ist passiert.« Ihr schien die Stimme zu versagen.

Alle drei hoben den Kopf und schauten hoch. Nur Martin biss dabei weiter genüsslich in sein Marmeladenbrötchen.

»Na was denn?«, fragte er mit vollem Mund. Die junge Frau schluchzte und schluckte.

»Man hat Ihren Vater heute früh gefunden ... Draußen an einem der Spargelfelder ... Er ist tot.«

»Was sagen Sie da?«, entfuhr es Nicole.

»Wie bitte?«, fragte Franz konsterniert.

Jetzt hörte auch Martin zu kauen auf. »Nee ..., das gibt's doch nicht.« Fassungslos würgte er den letzten Bissen hinunter. »Macht sich der Alte einfach so davon, ohne ...«

»Findest du das jetzt angebracht?«, stoppt Nicole Martins Worte. »Nehmen Sie doch Platz und erzählen Sie bitte«, forderte Nicole die junge Frau auf und überlegte kurz. »Frau ... Frau Kramer. So ist doch Ihr Name, richtig?« Claudia Kramer nickte und zog sich einen Stuhl vom Nachbartisch heran. In wenigen Worten schilderte sie das, was sie wusste. Sie sei vom Spargelfeld aus per Handy von ihrem Freund Matthias informiert worden.

»Sie sollten vielleicht mal rausfahren. Es ist sicherlich einiges zu klären«, riet sie den Geschwistern. Inzwischen hatte sie sich wieder ein wenig gefasst und beschrieb ihnen den Weg.

»Ich fahr hin.« Nicole erhob sich.

»Keine Frage, ich komme mit«, sagte Franz und stand ebenfalls auf. »Und was ist mit dir?«, fragte er seinen Bruder.

Der hob abwehrend die Hände. »Danke, kein Bedarf. Kümmert ihr euch mal, ich warte hier. Den Anblick brauch ich nicht. Außerdem ...« Martin holte tief Luft. »Nun, ihr kennt ja meine Meinung.«

Ohne weitere Worte drehten sich seine Geschwister um und verließen den Frühstücksraum. Martin wollte aufstehen. Claudia Kramer legte ihm die Hand auf den Arm und hinderte ihn daran. Erstaunt schaute er sie an. Jetzt erst registrierte er ihr hübsches Gesicht mit dem dunklen Pagenschnitt.

»Warum?«, fragte sie nur.

»Wie, warum?«

»Warum sind Sie so verbittert?«

»Das geht Sie nichts an.«

»Stimmt!«, sagte Claudia und erhob sich. »Trotzdem würde es vielleicht helfen, wenn Sie mit jemandem reden.«

Sie spürte deutlich, dass Martin hilflos und verunsichert war und diese Gefühle hinter seiner Ablehnung und Aggression versteckte. Fast mitleidsvoll schaute sie auf den schlanken, attraktiven Mann herab. Sie beobachtete seine feingliedrigen Hände, die unruhig mit der Kaffeetasse spielten.

»Vergessen Sie es, das funktioniert nicht.« Martin schüttelte den Kopf.

Wortlos drehte sich die junge Frau herum und verließ achselzuckend den Raum.

In der Zwischenzeit erreichten Nicole und ihr Bruder das Spargelfeld. Sowohl das Rettungsteam als auch ein Streifenwagen waren noch vor Ort, genau wie Matthias Thanner, Rudi und die polnischen Erntehelfer. Nachdem der Leichnam ihres Vaters abtransportiert worden war, hatten die beiden Geschwister den ganzen Vormittag mit Erledigungen und Vorbereitungen zu tun. Beerdigungsinstitut, Pfarrer und Behörden. Ihr Bruder Martin ließ sich nicht blicken. Erst zum Abendessen tauchte er wieder auf. Eins war bei der ganzen Aufregung in Vergessenheit geraten, und das war der Notartermin. Niemand war auf die Idee gekommen, den Notar über die neuen Umstände zu informieren.

Erst am nächsten Tag beim Frühstück machte Franz seine Geschwister darauf aufmerksam.

»Sagt mal, hatte jemand von euch mit diesem Notar, diesem Dr. Walther gesprochen? Der hat gestern sicherlich vergebens auf uns gewartet.«

»Mensch, der Notar.« Nicole schlug sich mit der flachen Hand gegen die Stirn. »Draußen beim Spargelfeld habe ich noch daran gedacht, aber dann hab ich's vergessen.«

Bei Nicoles Anruf kurz danach in der Kanzlei Walther meldete sich eine Angestellte. Sie war bestürzt über das Unglück von Heinz Belling, sprach Nicole ihr Beileid aus und teilte ihr mit, dass Dr. Walther bedauerlicherweise für den Rest der Woche auf einem Seminar sei. Er wäre erst nächste Woche wieder erreichbar.

*

»Was wird jetzt aus euch beiden? Wisst ihr schon, wie es weitergeht?«

Die das fragte, war Stefanie Rademann. Ihre Frage war an zwei junge Leute gerichtet, die ihr gegenüber Seite an Seite auf der Couch saßen. Dabei hingen ihre Blicke fast ausschließlich an dem dunkelblonden schlanken Mann, Matthias Thanner. Ihre Freundin und ehemalige Schulkollegin Claudia Kramer war momentan für Stefanie Nebensache. Sie hatte nur Augen für ihren Freund. Ein aufmerksamer Beobachter hätte sofort das Interesse Stefanies an dem jungen Mann erkannt.

Die Bemühungen von Claudias gleichaltriger Freundin, etwas mehr Nähe zu Matthias zu gewinnen, waren nicht neu. Seit Claudia mit dem jungen Mann zusammen war – inzwischen waren es etwa sechs Jahre –, hatte auch Stefanie begonnen sich für Matthias zu interessieren. Zuerst eher aus einer Laune heraus, wenn es in Stefanies eigener Beziehung am Kriseln war, und das war öfter der Fall gewesen. Schließlich wurde die Sache für die dunkelhaarige Frau mit der zierlichen Figur ernster, als ihr Freund sie vor zwei Jahren verließ. Seither war die Tochter des Unternehmers Werner Rademann offiziell solo und schielte neidisch auf das Glück ihrer Freundin. Sie verbrachte viele ihrer freien Stunden mit dem Paar und war auch jetzt wieder in deren Wohnung im Anbau des Hotels zu Besuch.

Claudia beobachtete ihren Freund von der Seite. Ihr war aufgefallen, dass er seit dem Tod von Heinz Belling nervös und aufgekratzt wirkte. Noch etwas glaubte sie zu bemerken, nämlich besondere bedeutungsvolle Blicke zwischen Matthias und Stefanie. Schon seit längerem war sie ein bisschen misstrauisch geworden. Genauer gesagt, seit es in ihrer Beziehung nicht mehr so richtig lief. Und das ging schon einige Monate lang. Die körperlichen Kontakte und Zärtlichkeiten mit Matti hatten sich irgendwie verändert oder waren gar nicht mehr vorhanden. Immer wieder schob er Stress und Müdigkeit vor, um sich ihr entziehen zu können. Bisher hatte sie geduldig gewartet in der Hoffnung, dass die Phase wieder vorüberging. Aber sie ging nicht vorüber, sondern hielt sich beharrlich. Sie wusste nicht mehr, wann Matti sie das letzte Mal in den Arm genommen hatte, ihr liebevolle Worte gesagt hatte, geschweige denn wann sie den letzten Sex miteinander hatten, den es nur noch in ihrer Fantasie gab.

Gerade eben versuchte Matthias krampfhaft den Blickkontakt zu Stefanie zu vermeiden, Stefanie dagegen fixierte ihn wie eine Schlange ihr Opfer. Hin und wieder bildete sich Claudia ein, bei ihrer Freundin ein siegessicheres Schmunzeln in den Mundwinkeln zu entdecken.

»Ach verdammt, was soll die Frage ... bin ich Jesus ... kann ich übers Wasser laufen?«, knurrte Matthias gereizt.

»Matti, was ist los mit dir?«, erkundigte sich Claudia besorgt.

»Ist doch wahr, woher soll *ich* denn das wissen?«

»Deswegen kannst du doch eine vernünftige Antwort geben.«

»Vorerst wird es ganz normal weitergehen«, brummte Matthias und zuckte mit den Schultern, »oder weißt du mehr?« Er wandte sich an Claudia.

»Nein, mehr weiß ich auch nicht.«

»Na also! Zuerst muss mal das Erbe geregelt werden und das ist noch nicht erfolgt. Wird vermutlich auch noch 'ne Weile dauern«, sagte Matthias ungehalten. Ihm war das Thema unangenehm. »Vielleicht gibt's ja noch Überraschungen bei der Verteilung«, meinte er geheimnisvoll. Seine Gedanken wanderten dabei zu seiner verstorbenen Mutter.

»Hey, das hört sich aber an, als wenn du doch mehr wüsstest«, preschte Stefanie neugierig vor.

»Ach was, ich mein halt bloß«, versuchte er abzuwehren. »Es kommt, wie es kommt, wir können sowieso nichts daran ändern.«

Stefanie kicherte über den altklugen Satz. Na, mal sehen, wie alles so kommt, dachte sie und ließ ihre Blicke zwischen den beiden hin und her wandern.

Die Beerdigung

Stumm und mit unbewegtem Gesicht stand Nicole am offenen Grab. Für Tränen reichte es nicht. Es gab bei ihr keinen Schmerz und keine Empfindungen für den Verstorbenen. Trotzdem hatte sie ihre Augen hinter einer Sonnenbrille verborgen. Regungslos ließ sie die ganze Zeremonie über sich ergehen. Sie kam sich selbst ein bisschen heuchlerisch vor. Am liebsten hätte sie sich umgedreht und wäre gegangen. Aber das war angesichts der zahlreichen Trauergäste und ihres Status als Tochter des Dahingeschiedenen nicht möglich. Ihr blieb nichts anderes übrig, als an vorderster Front bis zum bitteren Ende auszuharren.

Sie ließ ihre Blicke, verborgen hinter den dunklen Gläsern, über die ausdruckslos wirkenden Gesichter gleiten. Nur ganz vereinzelt sah sie, wie sich jemand verstohlen eine Träne wegwischte. Vielleicht war es aber auch nur ein Ausdruck von Ergriffenheit in Anbetracht der Grabreden. Sie konnte fast nicht glauben, dass es unter all den Menschen eine Person gab, die tatsächlich trauerte.

Aussagen wie »verdienter Bürger«, »lieber Freund«, »langjähriges Mitglied« oder »tatkräftiger Unterstützer« fielen andauernd. Noch ein Redner, noch einer und noch einer. Nach der Grabrede des Pfarrers sprachen der Bürgermeister, Vertreter verschiedener Vereine, zwei Verbandsvorsitzende und, und, und. Der Verstorbene war Mitglied im Gemeinderat, in örtlichen und überregionalen Verbänden sowie Freund und Gönner mehrerer Vereine. Die Reden und Lobeshymnen zogen die Beerdigung in die Länge. Diese scheinheilige Bande von Heuchlern, Schmeichlern und Ignoranten, war ihr erster Gedanke gewesen, als sie die Trauergemeinde sah. Viele der am Friedhof Anwesenden kannten ihn gut und wussten, wie er wirklich gewesen war. Entweder hatten sie es selbst miterlebt oder wussten es vom Hörensagen, dass er sich des Öfteren wie ein Patriarch und Tyrann aufgeführt hatte – aufbrausend und rechthaberisch –, sowohl in der Familie als auch in geschäftlichen Dingen. Nicht ohne Grund waren seine Kinder schon seit Jahren aus dem Haus. Sie, Nicole, genauso wie ihre Brüder Martin und Franz. Der Pfarrer sprach in seiner Rede am offenen Grab von »verzeihen« und »Frieden schließen«. Konnte sie das überhaupt? Nein, stellte sich nicht eher die Frage, ob sie das auch wollte? Oder war es so, dass sie wollte und nicht konnte? Diese Überlegungen kreisten in ihrem Kopf. Ihr wurde schwindelig. Nicole hörte wie aus weiter Ferne die Aufforderung des Geistlichen zum Gebet, hörte danach die Trauergemeinde murmeln und betete selbst. Aber nicht für die Erlösung der Seele ihres Vaters, sondern dafür, dass die Prozedur endlich ein Ende fand. Sie musste weg von hier, sich setzen, raus aus den schwarzen Kleidern. Ach herrje, die Beileidsbekundungen, schoss es ihr durch den Kopf. Kamen die noch oder hat man in der Anzeige darum gebeten, darauf zu verzichten? Sie wusste es nicht mehr, also hieß es durchhalten und sehen, was passiert. Es war nicht die letzte Hürde an diesem Tag. Die kam noch in Form des Leichenschmauses mit Verwandten und Bekannten. Einfach so davonlaufen galt nicht, es wäre gegen ihre Pläne gewesen.

*

Heinz Belling hatte beruflichen Erfolg gehabt, das war unumstritten. Anfänglich ein kleinerer Gemüse- und Spargelbauer in der dritten Generation, hatte er sich nach und nach einen Namen gemacht. Cleverness, Weitblick und der Mut zum Risiko hatten ihn so weit gebracht. Inzwischen war er im Landkreis Kitzingen und darüber hinaus in der ganzen unterfränkischen Region einer der größeren Lieferanten für Spargel, Feldgemüse und Kräuter.

Als zweiter großer unternehmerischer Schritt war das Hotel mit Landgasthof gefolgt, in dem viele der eigenen Produkte selbst verarbeitet wurden. Zuerst mit zehn Doppelzimmern ausgestattet, wurde das Haus einige Jahre später auf die doppelte Kapazität erweitert. Natürlich waren auch die veränderten Umstände im Umfeld und in der Region ein Wegbereiter für den Erfolg: der wachsende Zuspruch für Spargelspezialitäten und das Bestreben, beste Qualität in der Küche zu bieten, gleichzeitig das zunehmende Interesse am fränkischen Wein und die damit verbundenen steigenden touristischen Zahlen. Letztlich die gute Lage in Nähe des Flusses und der Radwanderwege entlang des Mains und schließlich der neue Golfklub in der Nachbarortschaft. Alles Garanten für ansteigende Übernachtungszahlen und den Erfolg des Hotels.

Über dem geschäftlichen Aufstieg war das private Glück und damit die Familie auseinandergebrochen. Letzter und entscheidender Auslöser dafür war der Tod ihrer Mutter vor fünfzehn Jahren gewesen. Nur ein Jahr danach wurde eine langjährige Mitarbeiterin, Silvia Kramer, die Lebensgefährtin des alten Belling. Claudia, ihre damals sechzehnjährige Tochter, begann zur gleichen Zeit ihre Ausbildung im Landhotel. Auch die Beziehung mit Claudias Mutter stand unter keinem guten Stern. Sie erkrankte an Leukämie und starb vor sechs Jahren. Dann vor zwei Jahren der erste Herzinfarkt von Heinz Belling und der ärztliche Ratschlag, etwas kürzer zu treten. Tatsächlich entschied sich »der Alte« – respektvoll von den Mitarbeitern untereinander so genannt –, den Rat zu befolgen. Kurz darauf übernahm Claudia Kramer die Leitung im Hotel. Zwar verstanden manche nicht, wie er einer so jungen Frau die Verantwortung übergeben konnte – Claudia war damals gerade erst achtundzwanzig Jahre alt –, aber es funktionierte zur Zufriedenheit aller.

Ähnlich verfuhr Belling mit dem Teil seines Unternehmens, der den Spargel- und Gemüseanbau betraf. Sein Mitarbeiter Matthias Thanner, ein junger Mann, gerade einunddreißig geworden, erhielt dort das Sagen. Ganz zufällig war er auch der Freund von Claudia Kramer. Das gab zwar nicht den Ausschlag für die Entscheidung von Belling, der »Alte« sah es aber mit Zufriedenheit. Durch diese zwei Schachzüge musste er keine fremden Führungskräfte von außen einstellen und erhielt Zeit, sich über die weitere Zukunft seines Geschäfts Gedanken zu machen.

Jetzt, mit neunundsechzig, ereilte ihn der zweite Infarkt, diesmal mit tödlichem Ausgang. So wenigstens hatte es der herbeigerufene Notarzt diagnostiziert, als man ihn vor vier Tagen am Morgen tot auf einem seiner Spargelfelder gefunden hatte.

Nicole Belling blickte nach links, wo Franz, der Lehrer für Mathematik und Physik und der Älteste der drei Geschwister, stand. An ihrer rechten Seite Martin, mit vierunddreißig Jahren der Jüngste. Studierter Biologe und Botaniker mit Hang zu einem guten Schluck. Schon jetzt, am helllichten Tag, wehte ein leichter Alkoholdunst zu ihr herüber. Sie selbst hatte ihr BWL-Studium in München absolviert, um danach ihrem Mann und ihrem Schwiegervater bei der Führung ihres Autohauses zu helfen. Die drei Geschwister hatten zwischen sich und der alten Heimat eine deutliche Distanz geschaffen. All diese Gedanken gingen Nicole durch den Kopf, als sie die trauernde Tochter am offenen Grab spielte.

Noch immer war die Zeremonie nicht beendet. Wieder schweiften ihre Gedanken ab. Was hatte ihr Vater wirklich von ihnen gewollt? Ganz überraschend war sein Anruf gekommen. Er hatte sie gebeten, zu einem bestimmten Termin anwesend zu sein. Ja tatsächlich, Nicole hatte sich am Telefon nicht verhört. Er benutzte das Wort *Bitte*, das es früher in seinem Wortschatz nicht gegeben hatte. Den gleichen Anruf hatten auch ihre Brüder bekommen. Er wolle gewisse erbrechtliche Dinge klären und gleichzeitig Regelungen für seine Nachfolge treffen, war seine ausweichende Antwort auf ihre Frage nach dem »Warum« gewesen.

Am Tag nach ihrer Ankunft in Albertshofen war er verstorben, ohne dass die Hinterbliebenen nun wussten, was wirklich hatte geschehen sollen. Sie hatten noch zusammen zu Abend gegessen. Da sie sich in der Spargelzeit befanden, gab es lauter leckere Sachen mit frisch gestochenem Spargel. Dabei deutete er an, die Angelegenheit mit dem Erbe und der Nachfolge seines Geschäftes am nächsten Tag zu besprechen. Mehr war nicht aus ihm herauszubekommen gewesen. Direkt nach dem Essen hatte er sich zurückgezogen. Nun war es zu spät.

Nachdenklich wanderte Nicoles Blick über die Runde und erfasste Matthias Thanner, der zuletzt für ihren Vater den Spargel- und Gemüseanbau geführt hatte. Ausgiebig taxierte sie den schlanken jungen Mann mit dem blonden Lockenkopf.

Ein hübsches Gesicht mit einer gesunden Hautfarbe, was vermuten ließ, dass er sich öfters im Freien aufhielt. In dem schwarzen Anzug sah er überaus fesch aus, urteilte sie anerkennend.

Zur selben Zeit verschwendete der fesche junge Mann Gedanken an das, was kommen würde. Was würde mit dem Geschäft passieren? Würde jemand das Unternehmen weiterführen oder würde es verkauft werden? Überlegungen, die eng mit seiner Zukunft zusammenhingen. Seine Mutter war vor einem halben Jahr gestorben. Er hatte sie kaum gekannt. Schon früh war er zu Pflegefamilien gekommen, weil seine Mutter Probleme mit Drogen und Alkohol gehabt hatte. Dann war er eines Tages dem alten Belling begegnet und der hatte ihm eine Lehrstelle als Gärtner in der Fachrichtung Gemüsebau angeboten. Kurz bevor seine Mutter die Augen schloss, hatte sie ihn zu sich gebeten und ihm offenbart, dass es da ein Geheimnis gäbe, über das sie nicht reden dürfte. Gleichzeitig hatte sie ihm einen versiegelten Umschlag übergeben. »Eine Absicherung für deine Zukunft. Sollte etwas mit Heinz Belling passieren, dann übergib das Kuvert einem Notar«, schärfte seine Mutter ihm damals ein. Gleich am Tag nach Heinz Bellings Tod hatte er den versiegelten Brief Dr. Walther übergeben wollen, aber der war leider nicht erreichbar gewesen.

*

Die Trauerfeier war zu Ende. Die Trauergäste waren alle gegangen, nur die drei Geschwister saßen im Hinterzimmer noch zusammen. Nachdem der letzte Gast sich verabschiedet hatte, entbrannte ein hitziges Gespräch zwischen den dreien. Von allen Seiten war die mehr oder weniger dezente Frage gekommen, was nun mit den beiden Unternehmen – Hotel und Gemüseanbau – passieren würde.

Martin hatte dem Frankenwein schon wieder gut zugesprochen und war entsprechend aufgekratzt.

»Hat euch die blöde Fragerei nicht auch aufgeregt?«

»Das war zu erwarten. Die einen machen sich Gedanken um die Geschäfte, die sie mit Vater gemacht hatten, andere um die finanzielle Unterstützung, die unser Vater lockergemacht hat, und es gibt sicherlich noch viele andere Gründe. Dazu kommen die, die aus reiner Neugier etwas wissen wollten«, antwortete Nicole.

»Dabei wissen wir noch nicht mal, ob wir tatsächlich was bekommen«, sagte Franz vorsichtig.

»Blödsinn!«, brummte Martin. »Wer denn sonst? Schließlich wollte er erst eine Regelung treffen. Vielleicht wären wir da schlechter bei weggekommen. Aber so, wie es jetzt ist, denke ich, dass der Alte noch nichts gemacht hatte. Er hat sich doch für unsterblich gehalten. Also müssten wir eigentlich die Erben sein.«

»Meinst du? Und was machen wir mit dem Erbe?«

»Lass uns den ganzen Scheiß hier verkaufen. Was wollt ihr damit. Ich ziehe die Kohle vor.«

»Verdammt, Martin, bist du nur aufs Geld aus? Das hier war mal unsere Heimat und nun könnten wir sie wieder zurückbekommen. Den einzigen Grund, weswegen wir das alles verlassen haben, gibt es nicht mehr. Warum sollen wir nicht weitermachen?«, fuhr Nicole ihn an.

»Erzähl mir nichts von Heimat. Die habe ich damals hinter mir gelassen. Das Letzte, was ich möchte, ist hierher zurückzukommen. Mein Interesse hält sich in Grenzen.«

»Es sind zwei gut florierende Geschäfte, die uns unser

Vater hinterlassen hat. Es wäre töricht, sie aufzugeben. Zumal wir auch das ideale Personal dazu haben. Wieso nur einmal beim Verkauf kassieren?«, gab Nicole zu bedenken.

»Du meinst sicherlich die beiden jungen Leute, Kramer und Thanner, die Vater zur Seite standen?«, erkundigte sich Franz.

»Genau, die meine ich. Ihr wisst, dass unser Vater ihnen nie Verantwortung übergeben hätte, wenn sie nicht gut wären.«

»Quatsch! Ich ziehe den einmaligen Erlös vor. Daher plädiere ich für den Verkauf«, entschied Martin.

»Nein ... nein, es ist eine Überlegung wert«, räumte Franz ein.

»Für mich nicht.« Sein Bruder schüttelte den Kopf.

»Sei nicht so voreilig.«

»Das ist nicht voreilig, sondern entschieden.«

»Tja, wenn du nicht mitmachst, können wir unseren Plan vorerst vergessen.«

»Ich weiß nicht, was ihr für einen Plan hattet, aber meiner ist besser.«

»Mal langsam, so einfach geht das jetzt auch nicht. Immerhin sind wir zu dritt«, hakte die Schwester ein.

»Ach, hört doch auf. Vater ist gerade mal unter der Erde und wir streiten hier schon herum. Erstens einmal haben wir noch nichts Offizielles in Händen und zudem bringt uns dieser Disput hier kein Stückchen weiter.«

Franz setzte sich seinem jüngeren Bruder gegenüber und nippte an seinem Glas Wasser. Enttäuscht und mit einem gewissen Unverständnis beobachtete er Martin, der sich den nächsten Schoppen einverleibte.

Der nickte seinen Geschwistern zu. »Schlaft mal drüber,

träumt von dem schönen Batzen Geld und morgen sieht das dann alles schon wieder anders aus.«

Wie jedes Mal, wenn Martin keine Lust mehr zum Diskutieren hatte, stand er auf und ging in den Schankraum. Dort ließ er sich sein Glas neu füllen und setzte sich trotz kühler werdender Temperatur auf die Freiterrasse.

»Martin braucht Geld. Das steht für mich fest. Für was auch immer. Und wir brauchen einen Einblick in die Finanzen. Vielleicht können wir ja unseren Bruder ausbezahlen und machen ohne ihn weiter. Was hältst du davon?«, schlug Franz vor.

»Die Idee ist nicht schlecht, aber du hast Recht, wir müssen uns zuerst einen Überblick über die finanzielle Situation verschaffen.«

»Bevor nicht behördlicherseits alles geregelt ist, können wir sowieso nichts machen. Wir brauchen den Erbschein vom Nachlassgericht, sonst sind uns die Hände gebunden.«

»Und was, glaubst du, ist mit dem Notar?«

»Keine Ahnung, wir werden es erleben, wenn Dr. Walther wieder zurück ist.«

Franz erhob sich und rückte seinen Stuhl zurecht. Ein Zeichen für Nicole, dass das Gespräch für heute beendet war. Ohne dass die beiden etwas bemerkten, wurde im gleichen Moment die spaltbreit offene Tür zum Hintereingang und zu den Toiletten leise geschlossen.

*

Nicole hatte sich umgezogen. Nun trieb es sie aus dem Haus. Sie brauchte frische Luft, etwas Ruhe und wollte der Enge der Räume entfliehen. Einen Moment stand sie unentschlossen im Hof, atmete tief durch und zog wegen der aufkommenden

Kühle den Reißverschluss ihrer Lederjacke zu. Dann hatte sie sich entschieden und lief los. Sie schlug den Weg den Hang hinab in Richtung Fluss ein. Die Diskussion mit ihren Brüdern hatte sie aufgeregt. Immer wieder gingen ihr die Worte durch den Kopf. Martin war ein verdammter Sturkopf, dabei hatte sie sich in jungen Jahren mit ihm besser verstanden als mit Franz. Das pedantische und besserwisserische Getue ihres älteren Bruders hatte sie früher ständig genervt. Aber in diesem Falle dachte er logischer als Martin, war mit ihr einer Meinung und Nicole war sich sicher, dass ihre Überlegungen die besseren waren. Sie wollte mit aller Macht dafür kämpfen, die Geschäfte zu erhalten.

Zielstrebig wanderte sie den Hang hinunter und richtete ihre Schritte am Fluss entlang in Richtung des Ortes. Die Häuser von Albertshofen kamen näher. Was noch näher kam, war der Ausleger mit einem Schild an einem der Häuser. Sie wusste, was darauf stand, und ein paar Meter weiter konnte sie es auch entziffern. Es war der Hinweis auf eine Gaststätte mit dem Namen »Zum Mainfischer« und gleichzeitig das Zuhause von Paul.

Ihre Gedanken schweiften ab. Ein Gesicht tauchte vor ihrem geistigen Auge auf: Paul Edmond. Seit dem Wiedersehen am Tag ihrer Ankunft ging er ihr nicht mehr aus dem Kopf. Sie erinnerte sich an das kurze Gespräch mit ihm auf der Freiterrasse. Eigentlich war er ihr nie richtig aus dem Kopf gegangen, musste sie sich jetzt eingestehen. Er war nur ganz tief in ihrem Inneren verborgen gewesen und die Erinnerung war jetzt wieder erwacht. Nicole hatte sich vorgenommen, sie auch nicht wieder einschlafen zu lassen. Die halbe Nacht hatte sie wachgelegen und gegrübelt und die andere Hälfte der Nacht von ihm geträumt. Was hatte er gesagt? »Sehen wir uns? Ich würde mich freuen.« So oder ähnlich waren seine Worte gewesen. Wieder begann ihr Herz schneller zu schlagen, sie freute sich auch.

Ohne Scheu öffnete sie die Wirtshaustür und trat ein. Stimmengewirr schlug ihr entgegen. Der Gastraum war zu zwei Dritteln besetzt. Ob es alles Einheimische waren, vermochte sie nicht zu sagen. Ein Teil trug noch Trauerkleidung vom Nachmittag. Manche Gesichter kannte Nicole von der Beerdigung, manche von früher und andere wiederum gar nicht. Einige der Gespräche verstummten sofort, die restliche Unterhaltung so nach und nach. Aus dem Nebenzimmer ertönte die aufgeregte Stimme eines Kommentators zwischen lautstarken Schlachtgesängen und den Zwischenrufen der zahlreichen Zuschauer im Raum. Es war Samstag und Bundesligazeit.

Die Blicke, die auf sie gerichtet waren, störten sie nicht. Keiner davon musste sie beunruhigen. Alle waren nur neugierig und erwartungsvoll. Ihr eigener Blick ging in die Runde, dann hatten ihre Augen erspäht, was sie gesucht hatten. Eigentlich musste es heißen, nach wem sie gesucht hatten. Da stand er zusammen mit seiner Mutter hinter dem Tresen und bediente die Gäste. Für einen kurzen Moment hob Paul den Kopf und ihre Blicke trafen sich. Sofort flüsterte Paul seiner Mutter etwas ins Ohr, die daraufhin nur nickte und lächelte. Gleichzeitig rief sie nach hinten in die Küche: »Katie, komm her, ich brauch dich hier vorn.« Inzwischen umrundete Paul die Theke und kam auf Nicole zu. Wortlos nahm er sie am Arm und zog sie zu einem kleinen leeren Tisch abseits der anderen Gäste.

»Schön, dich zu sehen«, sagte er locker und unbefangen. »Was möchtest du trinken? Einen Wein vielleicht ...?«

»Lieber ein Bier«, entgegnete Nicole und lächelte leicht. »In München habe ich mir das Biertrinken angewöhnt.«

Während Paul zum Ausschank ging, um Getränke zu holen, wurde an den Tischen die unterbrochene Unterhaltung wieder aufgenommen. Mit zwei Gläsern Bier kam er zurück. Eine Weile saßen sie sich schweigend gegenüber, tranken in kleinen Schlucken und sahen sich nur an.

»Wollen wir reden?«, fragte Paul schließlich und legte seine Hand auf ihren Unterarm. Nicole schlug die Augen nieder. Ohne sich um die anderen Gäste zu kümmern, nahm er ihre Hand und drückte sie aufmunternd. »Nur heraus damit, ich merke doch, dass dich etwas bedrückt.«

Sie druckste herum und war sich am Anfang unschlüssig, dann sprudelte es aus ihr heraus. Es war wie ein Großreinemachen. Ihre Ehe, oder was davon noch übrig war, kam zur Sprache, genau wie der nicht erfüllte Kinderwunsch und die ganzen familiären Schwierigkeiten mit ihrem Vater von damals bis zu seinem Tod. Danach war Paul an der Reihe. Er erzählte über seine ebenfalls gescheiterte Ehe, die Liebe zu seiner zehnjährigen Tochter Johanna und über seinen Beruf als selbstständiger Architekt.

»Wir haben es beide irgendwie nicht hinbekommen«, stellte Paul abschließend fest.

»Meinst du, zusammen hätte das besser funktioniert?«, fragte Nicole lächelnd.

Paul schaute sie nachdenklich an. »Du wirst lachen, das habe ich mich seit unserem Wiedersehen neulich auch schon ein paarmal gefragt.« Er atmete hörbar aus. »Aber das werden wir wohl nie erfahren.«

»Warum nicht?«, fragte sie vorsichtig.

»Dann müssten wir ja ... du denkst ... wir könnten ...!«

»Hmm ...!« Schmunzelnd blickte sie ihm in die Augen. »Zu alt dazu sind wir noch nicht, und zu spät wäre es auch noch nicht.«

Immer noch ruhte ihr Blick auf seinem Gesicht, um eine Regung zu erkennen. Nicole hatte das Gefühl, seit den letzten Stunden war da wieder so etwas wie eine erste kleine Verbindung entstanden. Ein zweites Mal an diesem Tag begann ihr Herz plötzlich wieder stärker zu klopfen bei dem Gedanken, es könnte mehr daraus werden. Die Überlegung, ihr altes Leben hinter sich zu lassen, war ihr schon ansatzweise während der Herfahrt gekommen. Nur stand da noch kein richtiger Plan dahinter. Das Treffen mit Paul hatte sie jedoch in ihrem Vorhaben bestärkt, genau wie die Möglichkeit, die sich ihr jetzt durch den Tod des Vaters bot.

Der Gastraum hatte sich inzwischen merklich geleert. Im Hinterzimmer war der Fernseher verstummt. Die beiden hatten wenig davon mitbekommen, so sehr waren sie mit sich beschäftigt.

»Komm, ich zeige dir meine Wohnung.« Paul stand plötzlich auf und nahm sie bei der Hand. »Ich habe den alten hinteren Teil, da, wo früher die Scheune war, abgerissen und neu aufgebaut. Erinnerst du dich noch an die Scheune?«, fragte er mit schelmischem Grinsen.

»Natürlich, was denkst du denn? Wie könnte ich das vergessen. Du warst ganz schön stürmisch und wolltest mehr als einen Kuss«, lächelte sie amüsiert zurück.

»Genau! Dort habe ich jetzt unten ein Büro und darüber meine Privaträume.«

Es wurde mehr als nur eine Besichtigung. Sie wechselten von Bier zu Wein. Paul schenkte einen Spätburgunder ein. Nicoles Anspannung und Unruhe waren schon lang abgeebbt.

Die negativen Gefühle hatten Zuversicht und Geborgenheit Platz gemacht. Trotz der vorangegangenen Beerdigung und Trauerfeier hätte sie jetzt laut jauchzen können. Es war nicht nur der Alkohol, der sie langsam auf Wolken schweben ließ. Paul hatte die Musikanlage angemacht, seine gespeicherte Liedsammlung gestartet und sich neben sie auf die Couch gesetzt. Die alten Kuschelrock-Songs von früher liefen. Scorpions, Bruce Springsteen, Bryan Adams, Celine Dion – alles Lieder, mit denen alte Erinnerungen verbunden waren. Dann kam Meat Loaf mit seinem Welthit »I'd Do Anything for Love«. Nicole und Paul kamen sich näher, lehnten sich aneinander, lachten und scherzten wie in alten Zeiten. Es war so, als wären die Jahre dazwischen einfach ausgelöscht oder hätten nie existiert. Schließlich legte Paul den Arm um ihre Schulter und zog sie noch dichter heran.

»Wo ist eigentlich deine Tochter?«, fragte Nicole unsicher.

»Ich glaube, die schläft heute bei ihrer Oma drüben im Haus«, flüsterte Paul, lächelte dabei augenzwinkernd und küsste Nicole auf den Mund. Der restliche Wein in den Gläsern verlor seinen Geist und wurde schal. Nur die Musik spielte weiter. Erst als das letzte Lied verklungen war, wechselten Paul und Nicole von der Couch ins Schlafzimmer.

Jetzt lag sie dicht neben seinem warmen Körper. Es fühlte sich gut an. Wie lange war das her, dass sie mit ihrem Mann zum letzten Mal so intim gewesen war. Immer war das Geschäft vorgegangen. Hier noch ein bisschen Arbeit bis spätabends, dort noch eine gesellschaftliche Verpflichtung, um den Verkauf anzukurbeln. Das Privatleben kam dabei völlig zu kurz. Nein! Privatleben war gestrichen, existierte nicht mehr. Bis Nicole aufbegehrte und nicht mehr mitmachen wollte. Der Ärger mit ihrem Mann war dadurch vorprogrammiert und die logische Schlussfolgerung daraus waren getrennte Schlafzimmer. »Damit wir uns gegenseitig nicht mehr stören, wenn ich spät nach Hause komme und du deine Ruhe findest«, hatte ihr Mann argumentiert. Aber sie wusste es besser. Sie kannte den wahren Grund. Die Flamme war endgültig ausgegangen. Das, was seit zwei oder drei Jahren nur noch glimmte, war auch noch erloschen. All dies ging ihr durch den Kopf, als sie so dalag, Paul gleichmäßig atmen hörte und selbst nicht einschlafen konnte. Aber nicht nur das hielt sie wach, mehr noch waren es die Gedanken an die Zukunft. Nicole hoffte inständig, der Mann hier an ihrer Seite würde dabei eine wichtige Rolle spielen. Sie drehte sich zu ihm hin und presste sich ganz fest an Paul, der davon nicht mal aufwachte, sondern nur etwas Unverständliches murmelte. Irgendwann musste auch sie eingeschlafen sein.

Die Spargel-Tote

Anderentags ging jedes der drei Geschwister seine eigenen Wege. Franz versuchte sich einen Einblick in die Geschäftsunterlagen zu verschaffen. Den Anfang machte er mit dem Hotel, bevor neue Ereignisse ihn erst mal wieder davon abhielten.

Sein Bruder war irgendwo draußen auf den Feldern unterwegs. Er begutachtete die Sandböden und was darauf angebaut wurde. Erinnerungen an seine Jugend wurden wach, als er noch selbst mit anpacken musste.

Nicole inspizierte inzwischen die Privaträume ihres Vaters und das sprichwörtliche ›Tafelsilber‹. In jedem Schubfach und hinter jeder Schranktür wurde sie mit Dingen aus ihrer Vergangenheit konfrontiert. Viele Dinge waren noch vorhanden, die ihre Mutter gekauft hatte.

Zur Mittagszeit tauchten die drei Geschwister alle im hinteren Gastraum auf um zu essen. Diesmal stand Spargel nur auf Nicoles Speiseplan. Die Brüder hatten sich für andere Speisen entschieden. Die Unterhaltung zwischen den dreien war mehr als spärlich, eigentlich fand sie gar nicht statt. Angesichts der gestrigen Diskussion und der ungeklärten Sachlage hing jeder seinen Gedanken nach. Eine Zeit lang nach dem Essen – der Tisch war schon abgeräumt – erhob sich Nicole und entschuldigte sich bei ihren Brüdern.

»Ich werde mal einen Verdauungsgang machen. Irgendwas hat mir auf den Magen geschlagen.«

Durch den Hinterausgang verließ sie das Haus. Im hinteren Teil des Gartens stand eine Bank. Dort setzte sie sich. Ein komisches Kribbeln im Körper überkam sie. Die Magenschmerzen wurden ganz allmählich stärker und entwickelten sich zu Koliken. Schweißausbrüche und Übelkeit kamen hinzu. Nicole wollte aufstehen, um im Haus Hilfe zu holen, aber ihre Beine versagten. Panik stieg in ihr hoch und ließ sie unregelmäßig atmen. Mit letzter Verzweiflung versuchte sie sich zu erheben und kippte nach vorn von der Bank ins Gras.

Erst zwei Stunden später fand sie ihr Bruder Franz dort. Leblos und völlig verkrampft lag sie mit dem Gesicht in ihrem Erbrochenen.

Der herbeigerufene Notarzt schüttelte nur den Kopf und alarmierte die Polizei. Das sah wahrhaftig nicht nach einem natürlichen Tod aus.

Eine Stunde später war auch die Kripo aus Würzburg da. Sie kam in Gestalt von Hauptkommissar Theodor Habich, seinem Kollegen Kommissar Christoph Rautner und der jungen Kommissarin Jasmin Blume. Ein Gerichtsmediziner befand sich schon vor Ort, als die drei Polizisten eintrafen. Er begrüßte sie mit dem gängigen Fernsehspruch: »Nähere Details zum Tod erst nach der Obduktion.«

Die Tote lag noch so, wie man sie aufgefunden hatte. Die beiden Kommissare riskierten einen Blick auf das Opfer und dann auf ihre junge Kollegin.

Frisch von der Schulbank hatte sie noch keine Leiche in natura gesehen, dazu das verzerrte Gesicht und der um ihren Kopf verteilte Mageninhalt – es war wirklich kein appetitanregender Anblick. Die schlanke brünette Polizistin mit dem Pferdeschwanz guckte und schluckte, schluckte und guckte, dann ganz plötzlich war sie verschwunden. Eindeutige Töne hinter der nächsten Hecke sagten den beiden grinsenden

Kommissaren, dass Jasmins Kantinenessen gerade wieder das Licht der Welt erblickte. Etwas verstört und bleich, mit einem Taschentuch vor dem Mund, kam Jasmin gleich darauf wieder zum Vorschein.

»Blümchen, Blümchen, Sie sollen uns beziehungsweise den Kollegen von der Spurensicherung die Arbeit nicht noch mehr erschweren, indem Sie vielleicht auf einen Tatort kotzen«, meinte der Hauptkommissar kopfschüttelnd. Dabei amüsierte er sich, da ihm schon auf den ersten Blick klar geworden war, dass es hier keine Spuren zu sichern gab, außer der Toten und ihren Speiseresten.

»Tschuldigung«, würgte Jasmin hinter dem Taschentuch hervor.

»Ihre erste Leiche?«, fragte Habich mitleidsvoll. Die Kollegin nickte. »Und Sie sind sich sicher, dass Ihr sensibler Magen den Außendienst und damit verbundene unangenehme Anblicke verträgt?«

Wieder nickte Jasmin und ließ vorsichtshalber den Mund geschlossen, denn ihr Magen rebellierte noch immer.

»Okay, Theo, dann wollen wir die Kollegin mal ein bisschen abhärten. Sie könnte doch den Doc in die Pathologie begleiten. Er wird die Tote sezieren und sie bringt dann gleich die Ergebnisse mit«, schlug Kommissar Rautner in ernstem Ton vor.

Entsetzte Blicke trafen ihn. Jasmins Gesichtsfarbe wechselte von Kalkweiß in einen schwachen Grünton. Aber sowohl sie als auch ihr Magen hielten durch.

»Ist das Ihr Ernst?«

»Was?«

»Das mit der Gerichtsmedizin und so ...?«

»Warum? Gibt es da ein Problem?«

Rautners Gesicht zierte ein breites Grinsen. Jasmins wirkte dagegen mehr säuerlich. Ausgenommen davon ihre Augen, die schleuderten Blitze auf Rautner. Wenn Blicke hätten töten können, hätte es in dem Moment eine zweite Leiche gegeben. War das ein schlechter Scherz, reine Verarsche oder schon Mobbing? Jasmin kam nicht dazu, weiter darüber nachzudenken. Der Hauptkommissar mischte sich ein.

»Nun lass mal gut sein, Chris«, sagte Habich und nickte freundlich zu Jasmin herüber, »du hast unsere Kollegin genug erschreckt.«

Dankbar lächelnd schaute sie Habich an. Sie mochte den leitenden Hauptkommissar gut leiden. Mit seiner stämmigen Figur machte Habich auf sie eher einen harmlosen und friedfertigen Eindruck. Er erinnerte Jasmin entfernt an ihren Vater. Daher war es für sie nicht unverständlich, dass sie in dem glatzköpfigen Vorgesetzten so was wie eine Vaterfigur sah. Ganz im Gegenteil zu seinem Äußeren war der ehemalige Amateurboxer im Halbschwergewicht alles andere als harmlos und behäbig, wenn es galt, wehrhaft zu sein. Den »Bums« seiner harten Geraden hatte schon mancher Ganove zu spüren bekommen. Theodor Habich hatte Jasmin vom ersten Tag ihres Dienstes vor mehr als sechs Wochen sofort unter seine Fittiche genommen. Sie hatte das Gefühl, in der kurzen Zeit mehr gelernt zu haben als in einem ganzen Semester an der Hochschule. Einzig und allein diese Unart ihres neuen Chefs, sie bei einer Rüge »Blümchen« zu nennen, akzeptierte sie nur zähneknirschend.

*

»Blauer Eisenhut, kennen Sie den?« Mit der Frage empfing sie der Gerichtsmediziner am nächsten Tag in der Pathologie.

»Nein!« Rautner schüttelte den Kopf. »Wer oder was ist das?« Seine Kollegin zuckte ebenso unwissend die Schultern.

»Das ist die Pflanze, aus der der Wirkstoff ›Aconitin‹ stammt, der die Frau umbrachte.«

»Habe ich das richtig verstanden? Sie wurde also vergiftet?«, hakte der Kommissar nach.

»Exakt! ›Aconitin‹ hat eine toxische Wirkung und ist giftiger als Strychnin. Es kann über die Atmung, die Haut oder den Mund aufgenommen werden ...«

»Und in welcher Form?«

»Pulver, Tinktur oder Salbe ...«

»Wo bekommt man so was her?«

Der Gerichtsmediziner kratzte sich am Kopf. »Tja, die Pflanze selbst kannst du theoretisch in jedem Garten als Zierpflanze finden. Sie hat das Gift in allen Pflanzenteilen, aber hauptsächlich gewinnt man es aus der Wurzelknolle. Dieses Alkaloid ›Aconitin‹ wird sogar in der Medizin angewendet und ist verschreibungspflichtig. Für mehr fachliche Details müsste man einen Biologen, Pharmazeuten oder Biochemiker fragen.«

»Wie wurde unserem Opfer denn das Gift verabreicht?«, wandte sich Rautner wieder an den Doktor.

»Ich tippe auf Pulver oder Tinktur. Es war auf jeden Fall im Essen. Das ergab die Untersuchung des Mageninhaltes. Übrigens, der Tod trat etwa gegen 14 Uhr ein, also eine gute halbe Stunde nach der Einnahme der Mahlzeit.« Damit schloss der Pathologe seine Akte und überreichte sie Kommissar Rautner. »Beinahe hätte ich noch etwas vergessen. Das ist aber nicht offiziell. Der Notarzt vor Ort war derselbe, der auch beim Ableben des alten Belling geholt wurde. Er hat mir erzählt, dass bei dessen Tod die Anzeichen ähnlich waren, nur gab es dort nichts Erbrochenes. Da der Senior schon einen Infarkt gehabt hatte, dachte er sich nichts dabei. Nun hielt er es aber doch für angebracht, die Sache zu erwähnen.«

»Kann man jetzt im Nachhinein noch etwas feststellen?«, wollte der Kommissar wissen.

»Eine mögliche Vergiftung wird schwer nachzuweisen sein. Ob die Todesursache ein Infarkt war, auf jeden Fall.«

»Wir kümmern uns darum«, nickte Rautner und verließ mit seiner Kollegin die Gerichtsmedizin.

Im Büro erwartete sie Habich mit fragendem Blick. »Und, was hat die Gerichtsmedizin herausbekommen?«

Rautner überreichte seinem Chef den Befund. Der überflog den Bericht in wenigen Minuten. »Also Gift!«

»So sieht es aus. Ach ja, und dann hat uns unser Doc noch etwas Inoffizielles mitgeteilt. Darauf hat ihn der Notarzt vor Ort hingewiesen. Der war auch bei dem Tod von Heinz Belling vor vier Tagen im Einsatz und hat damals die gleichen Symptome festgestellt wie jetzt bei der Tochter. Wegen der Vorgeschichte mit dem Infarktrisiko ist ihm aber kein Verdacht gekommen. Jetzt, nach dem zweiten Opfer, hielt er es aber doch für notwendig, einen entsprechenden Hinweis zu geben.«

»Also vermutet er jetzt, dass es bei dem Senior auch kein natürlicher Tod war.«

»Es wäre denkbar. Der Verdacht besteht auf jeden Fall. Wir sollten uns vergewissern«, riet der junge Kommissar.

»Wo ist der Leichnam?«

»Soweit ich mitbekommen habe, ist er vorgestern beerdigt worden.«

»Hoffentlich nicht verbrannt.«

»Nein, nein, normal bestattet.«

»Jasmin, Sie durchleuchten mal die Lebensumstände der Bellings«, wandte sich der Hauptkommissar an seine junge Kollegin. »Das private und berufliche Umfeld sowie die Finanzen und so. Ich werde mal sehen, dass ich so schnell wie möglich eine richterliche Anordnung bekomme.«

Nur eine Minute später beendete er das Telefonat, behielt aber den Hörer in der Hand. »Chris, geh du zum Richter und hol die Anordnung, ich kümmere mich um einen Bestatter, der den Leichnam wieder ausbuddelt. Wir treffen uns dann beim Auto.«

»Und ich darf nicht mit? Ich möchte doch was lernen«, wagte Jasmin einzuwenden.

»Schön hier Ihre Hausaufgaben machen«, grinste Rautner. »Wir wollen nur vermeiden, dass Sie wieder in Gefahr geraten, eine Leiche zu sehen und ... na ja, Sie wissen schon.«

Die hübsche Kollegin warf Christoph einen vernichtenden Blick zu. Davon unberührt lachte er und verließ das Zimmer.

»Nur die Ruhe, Sie haben noch Zeit genug, Erfahrungen zu sammeln. Auch diese Arbeit hier ist sehr wichtig und muss getan werden. Es gibt dabei genug zu lernen«, beruhigte sie ihr Chef.

Noch am selben Tag wurde die Leiche von Heinz Belling exhumiert und in die Gerichtsmedizin gebracht. Franz Belling war fassungslos über den Verdacht, dass auch sein Vater vergiftet worden sei. Sein Bruder Martin meinte dazu nur sarkastisch: »Das da noch keiner früher draufgekommen ist.« Dafür erntete er einen vorwurfsvollen Blick von seinem Bruder. Die Kommissare blickten ihn nur abschätzend an und verzogen keine Miene.

»Wie geht es nun überhaupt weiter?«, fragte Franz den Hauptkommissar. »Wir müssen schließlich irgendwann wieder zurück zu unserer Arbeit.«

»Da muss ich Sie leider enttäuschen. Solange die Ermittlungen andauern, gehen Sie nirgendwohin«, machte Habich den beiden Brüdern klar. »Was ist eigentlich der Grund Ihres Besuches?«

»Unser Vater wollte Erbschaftsangelegenheiten regeln. Wie das genau aussehen sollte ...« Franz hob hilflos die Schultern. »... fragen Sie mich nicht. Vielleicht weiß der Notar mehr.«

»Welcher Notar?«

»Ein Dr. Walther. Wir kennen ihn aber nicht persönlich. Der Termin bei ihm war an dem Vormittag angesetzt, als unser Vater starb.«

»Haben Sie sich danach mit diesem Dr. Walther mal in Verbindung gesetzt?«

»Das war leider nicht möglich. Er war den Rest der vergangenen Woche auf einem Seminar, laut Auskunft seiner Mitarbeiterin. Diese Woche müsste er aber wieder da sein.«

»Hmm ...! Na gut, wir kümmern uns darum.« Das war mehr eine Aufforderung an seinen Kollegen als eine Antwort. »Was, denken Sie, wäre bei der Nachlassbestimmung Ihres alten Herrn herausgekommen? Haben Sie keine Vermutung? Sie als seine Kinder sind doch die nächsten Erben.« Habich wandte sich direkt an den älteren Bruder, da der jüngere bisher nur stumm und unbeteiligt danebensaß.

»Sie haben den Alten nicht gekannt, sonst würden Sie nicht solche Fragen stellen. Man wusste bei ihm nie, woran man war. Um nach außen hin gut dazustehen, hat er viel gespendet und alles Mögliche unterstützt. Aber wir in der

Familie haben ihn ganz anders erleben müssen«, mischte sich jetzt plötzlich Martin ein. »Er war unberechenbar, launisch und selbstgefällig, also rundherum ein Arsch!«

»Sie haben ja wirklich keine gute Meinung von Ihrem Vater. Trotzdem sind Sie gekommen.«

»Tja, so ist das eben. Ich wollte wissen, was er sich diesmal ausgedacht hat. Außerdem steckt auch noch der Anteil unserer Mutter in den Unternehmen. So ohne weiteres verzichte ich da nicht drauf.«

Der Hauptkommissar nickte. »Okay, ich habe verstanden. Aber ich hoffe, dass Sie auch verstanden haben, dass Sie sich zur Verfügung halten sollen.«

Die beiden Brüder verließen das Hinterzimmer, in dem die Unterhaltung stattgefunden hatte.

»Was hältst du von dem jüngeren der Brüder?«, fragte Habich seinen Kollegen und blickte dabei immer noch auf die Tür, die sich gerade hinter den beiden geschlossen hatte.

»Ganz schön verbittert, würde ich sagen.«

»Würdest du ihm einen Mord zutrauen?«

»An seinem Vater vielleicht. Auf den ist er nun wirklich nicht gut zu sprechen. Nur, würde er dann so offen seine Abneigung zeigen? Er muss doch damit rechnen, dass er dadurch in Verdacht gerät. Dagegen seine Schwester ...! Warum sollte er sie umbringen?«

»Moment! Bei Heinz Belling steht der Befund noch aus. Es ist bis jetzt nicht gesagt, ob es ein Verbrechen war.«

»Und für seine Schwester fehlt mir das Motiv«, überlegte Rautner und spielte mit seinem Kugelschreiber. Er hatte sich während der Unterhaltung mit den Brüdern und auch danach einige Notizen gemacht.

»Langsam, Chris, nicht so voreilig, wir sind erst am Anfang unserer Ermittlungen. Geld ist immer ein guter Grund und viel Geld ein noch besserer. Außerdem waren beide Brüder beim Essen anwesend und hatten Zugang zu den Speisen. Was hast du für einen Eindruck von dem anderen Bruder?«

Rautner wiegte den Kopf hin und her. »Franz Belling wirkt auf den ersten Blick weitaus ruhiger und ausgeglichener als sein Bruder. Er lässt sich vieles gefallen. Zudem ein typischer korrekter Beamter.«

»Also nicht so wie du«, scherzte Habich.

»Hey, was soll das denn jetzt heißen?«

»Wenn ich an deine Berichte und die fehlenden Spesenabrechnungen denke ...«

»Hör bloß auf«, ereiferte sich der Kollege. »Das ist nur der blöde Schreibkram.«

»Ja, ja, so kann man sich auch rausreden. Aber wieder zu unserem Fall. Ich schlage vor, du sprichst noch mal mit dem Personal. Hauptsächlich mit denen, die an dem Tag Dienst hatten. Finde raus, wer dort Zugriff auf Nicole Bellings Essen hatte. Gab es etwas Auffälliges, hat jemand was gesehen? Hatten außer dem Personal noch andere Personen die Möglichkeit, an die Speisen ranzukommen? Ich werde derweil mit Claudia Kramer sprechen.«

Erste Befragungen

»Hallo Frau Kramer, bitte setzen Sie sich«, forderte Habich die junge Frau auf und gab ihr die Hand. Während sie sich setzte, beobachtete er die hübsche Dunkelhaarige. Claudia Kramer war etwas unsicher und nervös. So wenigstens deutete der Hauptkommissar die Körpersprache. Aber das war ja auch kein Wunder bei zwei Toten innerhalb kürzester Zeit und dem ganzen Durcheinander, das dadurch entstanden war.

»Ich möchte Ihnen einige Fragen stellen«, begann Habich. »Ist das für Sie in Ordnung?«, fragte er noch mal nach. Claudia nickte. »Haben Sie Frau Belling ... ähh, beziehungsweise Frau Grömmert näher gekannt?«

»Nein, ich habe sie zum ersten Mal gesehen.«

»Sie hatten vorher keinen Kontakt zu ihr?«

»Nein.«

»Und ihre Brüder?«

»Sind mir auch noch nie begegnet. Ich kenne die Herrschaften nur vom Erzählen. Seitdem ich hier arbeite, waren sie noch kein einziges Mal da.«

»Wie lange arbeiten Sie schon in dem Haus?«

»Vierzehn Jahre.«

»Sie haben im Hotel das Sagen, wenn ich richtig informiert bin.«

»Ja! Herr Belling hat mir vor zwei Jahren die Leitung des Hauses übertragen.«

»Ganz schön mutig, so früh Verantwortung zu übernehmen«, nickte Habich anerkennend.

»Oh, ich habe es mir zugetraut, der Chef hat es mir zugetraut und das Personal hat mich akzeptiert.«

»Haben Sie sich mit Herrn Belling gut verstanden oder gab es Differenzen?«

»Nein, nein, da war alles prima. Er ist ..., er war ein schwieriger Charakter, aber ich bin gut mit ihm ausgekommen.«

»Okay, lassen Sie uns zu dem Tag kommen, als das mit Nicole Belling passierte«, wechselte der Hauptkommissar das Thema. »Wo waren Sie zu diesem Zeitpunkt, zwischen 13 Uhr und 13.30 Uhr?«

Die junge Frau überlegte. »Bis 12 Uhr war ich am Empfang. Wir hatten viele Gäste, die auscheckten, das Telefon ging am laufenden Band wegen Zimmeranfragen ...« Sie stockte kurz. »... ach ja, und eine ganze Gruppe Touristen hat mich in Beschlag genommen. Die wollten Preisauskünfte sowie Prospekte über unser Hotel und einen großen Tisch im Restaurant reservieren, um gemeinsam zu essen. Es war Sonntag und da ist bei uns in der Spargelzeit sehr viel los. Ich war eigentlich überall behilflich, sowohl an der Rezeption als auch im Restaurant und in der Küche.« Wieder überlegte sie. »Es müsste so gegen 13 Uhr oder kurz danach gewesen sein, als ich mit einem Teller Essen zusammen mit Stefanie hinüber in die Privatwohnung ging. Meine Freundin Stefanie besucht mich fast jeden Sonntag und isst dann mit mir zu Mittag.«

Auf den fragenden Blick des Kommissars gab Claudia nähere Auskunft über Stefanie Rademann. Sie sei eine ehemalige Schulfreundin, außerdem die Tochter des Fleischlieferanten Rademann und besuche sie ziemlich häufig im Hotel.

Habich gab sich vorerst mit den Informationen zufrieden.

»Ist Ihnen irgendetwas Besonderes aufgefallen? Speziell in der Zeit, als Sie selbst Ihr Essen holten, oder kurz davor?

Fremde Personen, die sich im Bereich der Küche zu schaffen machten, oder solche, die da nicht hingehören?«

Claudia schüttelte den Kopf. »Nein, mir ist nichts aufgefallen.«

»Könnte man überhaupt irgendwie unbeobachtet an das Essen oder an zubereitete Speisen kommen?«

Anfangs schüttelte die junge Frau den Kopf, dann zögerte sie, bevor sie antwortete. »Eigentlich ... eigentlich nicht, aber ...«

»Aber was ...?«

»Na ja, theoretisch ...«, druckste sie herum. »Es wäre schon möglich.«

»Und wie?«

»Wenn viel Betrieb ist, und das hatten wir am Sonntag, wird die Durchreiche von der Küche zum Gang geöffnet. Das bedeutet, dass die Bedienungen nicht immer in die Küche hineinmüssen. Die fertigen Bestellungen werden an einem Fenster auf einer Art Tresen platziert, genau wie die vorbereiteten Salatbeilagen, Gebäckkörbe, Bestecke und dergleichen. Die Servicekräfte nehmen sie dann von da weg, um sie den Gästen zu bringen. Also steht ein Gericht vielleicht mal ganz kurze Zeit dort, wenn die Küche schneller anrichtet, als abgetragen wird. Es handelt sich dabei aber höchstens um eine Minute, länger auf keinen Fall.«

Habich musste schmunzeln, denn er hatte das Gefühl, Claudia Kramer ging es bei den letzten Sätzen mehr um die Qualität im Service des Hauses als um irgendwelche Giftmischer.

»Die Durchreiche befindet sich an dem Gang, den auch Gäste benutzen können, um zu den Toiletten zu gelangen?«, vergewisserte sich der Hauptkommissar.

»Ja, wenn sie nicht den üblichen Weg vorn hinaus am Empfang vorbeigehen.«

»Wie könnte man denn feststellen, für wen welches Essen ist? Oder kann man das überhaupt?«

Claudia lachte. »Es wäre schlimm, wenn nicht. Dann hätten wir oftmals ein Chaos. Die Speisen werden auf Tabletts gestellt und mit den Tischnummern gekennzeichnet. Am Tisch kann die Bedienung ja dann noch mal nachfragen, wer was genau bekommt, manche aus unserem Serviceteam können es sich auch merken. Mehr Möglichkeiten, an die Speisen ranzukommen, gibt es eigentlich nicht, es sei denn, Sie würden unser Personal in den Kreis der Verdächtigen mit einbeziehen.«

»Im Moment kann ich nichts und niemanden ausschließen.« Der Hauptkommissar hob bedauernd die Schultern. »Daher brauche ich auch eine Liste aller Mitarbeiter.«

»Das ist doch verrückt! Für das Personal gilt das Gleiche wie für mich. Keiner hat Frau Grömmert vorher gekannt. Die alten Mitarbeiter, bei denen das möglich gewesen wäre, sind alle nicht mehr im Dienst. Für meine Leute lege ich die Hand ins Feuer. Von denen hatte niemand einen Grund, so etwas Schreckliches zu tun.«

»Ihre Einstellung ist aller Ehren wert. Nur wäre ich an Ihrer Stelle vorsichtig mit solchen Äußerungen. Ich überzeuge mich lieber selbst von der Unschuld der Personen, die zum Kreis derer zählen, die die Möglichkeit hatten.«

Der Hauptkommissar nickte nachdenklich, beendete die Befragung der jungen Frau und nahm sich den Nächsten vor.

Während Claudia das Hinterzimmer verließ, bat der Kommissar Matthias Thanner zu sich herein. Der junge Mann wirkte verunsichert. Ein Phänomen, das Habich schon oft bei seinen Gesprächen bemerkt hatte. Wenn es die Leute mit der Polizei zu tun bekamen, wurden sie nervös und unsicher. War es die Angst, etwas Falsches zu sagen, sich verdächtig zu machen oder das schlechte Gewissen? Selbst Zeugen und Unbeteiligte benahmen sich dann oft seltsam und wunderlich, fingen an zu stottern oder hatten alles vergessen.

Thanner blieb während der Unterhaltung sehr verschlossen. Seine Antworten waren knapp. Sein Verhältnis zu seinem Chef wäre durchweg gut gewesen, gab er an. Die tote junge Frau habe er gar nicht gekannt. Nur bei Habichs letzten Fragen brachte Matthias Thanner mehr als zwei, drei Worte heraus.

»Wo waren Sie am Sonntag zwischen 12.30 und 13.30 Uhr?«

»Ich habe mich wie immer um die Spargelernte gekümmert«, sagte er und ergänzte auf den fragenden Blick des Polizisten hin ungehalten und leicht ironisch: »Während der Spargelsaison kennen wir keinen Sonn- und Feiertag. Der Spargel wächst einfach weiter ohne zu fragen, ob gerade Sonntag ist.«

»Danke für die Belehrung, das war mir bekannt. Ich wollte eigentlich wissen, wo genau Sie waren.«

»Drüben im Betrieb in der Halle.« Er deutete mit dem Daumen über seinen Rücken. »Wir haben die Ernte vom Vormittag zum Transport fertiggemacht und verladen. Etwa um die Zeit ist unser Fahrer losgefahren, um frische Ware an etliche Hotels und Restaurants auszuliefern.«

»Gut, okay, Herr Thanner, das war's fürs Erste. Ach ja, auch aus Ihrem Betriebsbereich brauche ich die Namen sämtlicher Mitarbeiter. Sie stehen ja sicherlich weiterhin zur Verfügung, wenn wir noch Fragen haben.«

Mit den Worten »Wo soll ich schon hin?« verließ er das Hinterzimmer.

Habichs anschließende Befragungen von Franz und Martin Belling verliefen genauso ergebnislos. Beide wirkten noch sehr betroffen hinsichtlich der Ermordung ihrer Schwester. Sie hatten nichts Besonderes bemerkt, nichts gehört oder gesehen und keine Ahnung, wer Nicole so etwas hätte antun können.

Als der Letzte gegangen war, starrte der Kommissar sekundenlang auf die geschlossene Tür, die sich gleich darauf wieder öffnete. Rautner hatte seine Befragungen ebenfalls beendet.

»Und, wie lief es bei dir?«, erkundigte sich Habich.

»Keiner hat was gesehen, keiner kennt die Tote näher und keiner hat somit eine Ahnung von eventuellen Gründen für die Tat«, seufzte er und setzte sich.

»Hmm ... nicht viel. Lass uns Feierabend machen und auf den Befund von Heinz Belling warten, dann sehen wir weiter«, entschied der Hauptkommissar.

*

Am nächsten Morgen lag der Bericht der Gerichtsmedizin auf Habichs Tisch. Er überflog das Papier und las die wichtigen Passagen.

»Volltreffer! Wir haben ein zweites Opfer. Hier steht, dass der alte Belling nicht an einem Herzinfarkt gestorben ist und auch keines anderen natürlichen Todes. Er wurde ebenfalls vergiftet. Mit hoher Wahrscheinlichkeit durch seine letzte Mahlzeit, einen Spargelsalat.

»Will da jemand von außerhalb den Bellings an den Kragen oder ist das etwas Familiäres?«, überlegte Christoph laut.

Habich lehnte sich zurück und verschränkte die Arme im Nacken. Man merkte seinem Gesicht an, wie es hinter der Hirnschale bei ihm arbeitete.

»Du meinst, weil die ganze Familie mal wieder zusammen ist, so wie schon lange nicht mehr? Erst den Senior erledigen und jetzt die Kinder. Aber wer hätte was davon? Oder aber es ist einer der beiden Brüder wegen des Erbes.« Kommissar Habichs Körper schwang wieder nach vorn. »Aber das wäre doch das offensichtlichste Motiv ... das mit dem Erbe, mein ich. Jedem der zukünftigen Erben muss doch klar sein, dass der Verdacht sofort in diese Richtung geht. Nee, es will mir nicht in den Kopf, dass einer der beiden so dumm ist ... obwohl ... obwohl die Hinterlassenschaft schon ein triftiger Grund wäre«, setzte Habich seine Überlegung fort.

»Du hast mir beigebracht, dass es für uns nicht wichtig ist, was wir glauben. Entscheidend sind Tatsachen, und du kannst die Tatsache nicht von der Hand weisen, dass die zwei Männer die Nutznießer sind. Für mich gehören die beiden zum Kreis der Verdächtigen.«

»Chris, du hast natürlich Recht. Wir werden selbstverständlich Franz und Martin Belling nicht aus dem Blick lassen. Ach übrigens, was haben Sie über die Bellings herausbekommen?«, wandte sich Habich an die junge Kollegin, die zwischenzeitlich eingetroffen war.

»Moment, Chef!« Jasmins schlanke Finger huschten über die Computertastatur. Sie öffnete mehrere dort gespeicherte Dokumente. »Also, Franz Belling ist ein völlig unbescholtenes Blatt. Noch nie mit dem Gesetz in Konflikt gekommen, noch nicht mal mit Bußgeld und so. Hat Frau und zwei Kinder und scheint der Alleinverdiener zu sein. Finanziell ein bisschen was auf der hohen Kante, aber nicht mit Reichtümern gesegnet. Ich habe nichts Auffälliges oder Besonderes gefunden ...«

»Wie ich schon sagte, ein korrekter Beamter«, unterbrach Rautner und wurde mit einem vorwurfsvollen Blick bedacht.

»Bei seinem Bruder Martin sieht es da etwas anders aus. Der ist schon einmal wegen Fahrens unter Alkohol erwischt worden. Sein Führerschein war für drei Monate weg. Dann war da noch was wegen ›Erregung öffentlichen Ärgernisses‹ und eine Körperverletzungsgeschichte. Bei Letzterem war er aber der Geschädigte gewesen. Man hatte ihn zusammengeschlagen. Obwohl er ganz gut zu verdienen scheint, sieht es bei ihm finanziell nicht besonders rosig aus. Hat vielleicht ein teures Hobby oder kein Händchen für Geld. Das Interessanteste an dem jungen Belling habe ich bis zum Schluss aufgehoben. Er arbeitet in Frankfurt in dem Versuchslabor des Pharmaunternehmens Sanofi-Aventis«, schloss Jasmin ihren Bericht.

»Ha, da haben wir unseren Ansatzpunkt«, bemerkte Rautner eilig. »Über seinen Arbeitgeber kommt er sicherlich an dieses Acot..., nee anders, Aconitin dran.«

»Schon möglich.«

Für einen Augenblick herrschte Ruhe im Büro. Der Hauptkommissar blickte Jasmin erwartungsvoll an.

»Und was ist mit Nicole und ihrem Vater?«, wollte Habich wissen.

»Was soll da sein?«, fragte Jasmin ganz unschuldig. »Die sind doch tot.«

»Mensch, Blümchen!«

Der Leiter der Mordkommission schlug die Hände vors Gesicht. »Wenn ich sage, Erkundigungen über ›die Bellings‹, so meine ich die ganze Familie. Vielleicht finden wir ja Hinweise oder Ansatzpunkte in der Vergangenheit der beiden Toten.«

Rautner kicherte belustigt, Habich atmete tief durch und Jasmin machte sich verlegen an die Arbeit, nicht ohne ihrem jungen Kollegen einen vorwurfsvollen Blick zuzuwerfen.

»Du, lach nicht«, wies Habich ihn zurecht. »Was ist mit dem Notar, diesem Dr. Walther? Hast du schon mit ihm gesprochen?«

»Nein ... nein, bin ich noch nicht dazugekommen.«

»Na dann! Auf, auf, worauf wartest du.«

Diesmal war es Jasmin, die ihr schadenfrohes Gesicht hinter dem Bildschirm versteckte, während Rautner den Hörer ergriff. Gleichzeitig klingelte auf Habichs Schreibtisch das Telefon. Er hob ab und brummte nur ganz kurz hinein, bevor er wieder auflegte.

»Wenn etwas ist, ich bin beim Chef zum Rapport«, sagte er und verschwand aus dem Büro. Mit dem ›Chef‹ war Kriminaloberrat Hans Schössler, der Leiter der Abteilung für Mord- und Gewaltdelikte, gemeint. Der Kriminaloberrat ließ sich immer gern persönlich über die aktuellen Fälle berichten, unterstützte seine Beamten, wo er nur konnte, und stärkte ihnen jederzeit den Rücken. Diese positiven Führungseigenschaften wurden von seinen Mitarbeitern dankend entgegengenommen und zahlten sich in einer überdurchschnittlichen Aufklärungsquote aus.

Ein halbe Stunde später war der Hauptkommissar wieder zurück. Rautner hatte gerade ein Telefonat beendet und Jasmin war voll auf ihre Arbeit am Computer konzentriert.

»Bist du bei dem Notar weitergekommen?«

»Nicht hundertprozentig. Seine Kanzleiangestellte habe ich erreicht, er selbst ist auf einem Außentermin. Sie hat mir gesagt, dass ihr Chef voraussichtlich bis Mittag wieder da sei.«

»Gut, ihr beide habt heute gemeinsam Bürotag«, entschied der Hauptkommissar. »Du bleibst am Ball wegen des Notars und hilfst Jasmin bei der Recherche. Arbeitet die beiden Mitarbeiterlisten durch und nehmt euch auch Claudia Kramer und Matthias Thanner vor. Chris, ruf mal gleich in Bellings Betrieben an und lass dir noch jeweils eine Liste mit den wichtigsten Geschäftspartnern erstellen. Vielleicht gab's ja in dem Bereich größere Unstimmigkeiten und Nicole Belling ist nur zufällig mit in die Sache hineingestolpert.«

»Und was machst du?«, fragte Rautner.

»Ich mach noch mal einen Ausflug nach Albertshofen und höre mich ein bisschen um. Jetzt, wo feststeht, dass der alte Belling auch ermordet wurde, ergeben sich noch mehr Fragen. Wenn ihr etwas Wichtiges in Erfahrung bringt, informiert ihr mich bitte sofort.«

Bevor Christoph Rautner noch was entgegnen konnte, war Habich bereits zur Tür hinaus.

Habich ermittelt

Im Spargelunternehmen herrschte Hochbetrieb, als der Hauptkommissar eintraf. Von mehreren Feldern wurde die morgendliche Ernte angeliefert. Unzählige fleißige Hände nahmen den Spargel in Empfang. Er wurde gesäubert, sortiert, klassifiziert und gebündelt. Ein Teil wurde zum Versand vorbereitet, ein Teil ging in den hofeigenen Verkaufsraum und ein anderer wanderte in die eigene Hotelküche. Habich bat Thanner, ihm zu zeigen, wo man den toten Belling gefunden hatte.

Wenige Minuten später hielt der Hauptkommissar an dem Spargelfeld. Die beiden stiegen aus und liefen durch die Spargelreihen bis zu dem Platz, wo der Tote gelegen hatte.

»Ich frage mich, was Sie hier wollen. Warum interessiert Sie ein Herzinfarkt?«, erkundigte sich Thanner.

»Weil es keiner war. Der alte Belling wurde genauso vergiftet wie seine Tochter«, entgegnete Habich und beobachtete dabei den jungen Mann aus den Augenwinkeln.

»Was ...? Ach du Sch...! Wer macht denn nur so was und warum?« Fassungslos blickte Matthias den Kommissar an. Der spürte sofort, dass die Reaktion echt war.

»Wenn wir das wüssten, wäre der Fall gelöst«, meinte der Hauptkommissar mit ernstem Gesicht.

»Hmm ...!« Matthias nickte. »Wohl wahr.«

»Was schätzen Sie, wie lange braucht man mit dem Roller von zuhause bis hierher?«, fragte Habich.

»Maximal zehn Minuten.«

»War es eigentlich ungewöhnlich, dass sich Ihr Chef an dem Morgen hier draußen befand?«

»Nein, absolut nicht. Er war ein Frühaufsteher und hat fast täglich morgens seine Runde gedreht. Bei schlechtem Wetter mit dem Auto und bei schönem Wetter mit seinem Roller, mit dem wir ihn gefunden haben.«

»Inwieweit hat er sich noch im Betrieb mit eingemischt?«

»In den betrieblichen Ablauf und das organisatorische Drumherum eigentlich überhaupt nicht mehr. Bei den geschäftlichen Kontakten war er noch behilflich. Seine Beziehungen und Erfahrungen waren dabei sehr hilfreich. Wenn es um Investitionen ab einer gewissen Größenordnung ging, wollte er gefragt werden, ansonsten hatte ich freie Hand. Er war halt noch überall präsent und sah sich immer wieder mal um.«

»Gab es geschäftlich mit irgendjemandem Streit oder Ärger?«

»Tja, er konnte schon mit deutlichen Worten seinen Standpunkt vertreten, und er hat meistens kein Blatt vor den Mund genommen, aber direkt von Streit oder Ärger wüsste ich jetzt nichts.«

Eine ähnliche Aussage erhielt der Hauptkommissar auch bei seinem Gespräch mit Claudia Kramer im Schankraum bei einer Tasse Kaffee. Sie reagierte genauso bestürzt wie der junge Thanner, als sie von der Vergiftung erfuhr. Als herrisch, stur und unnachgiebig bezeichnete die junge Frau ihren toten Chef. Dabei sei er aber nie unfair gewesen oder habe sein Personal schlecht behandelt, fügte sie hinzu. Er hatte für Vorschläge und Verbesserungen ein offenes Ohr. Wenn er aber einmal einen Entschluss gefasst hatte, war er nur ganz schwer wieder davon abzubringen.

»Hatte es mit irgendwem Streit oder Ärger gegeben?«, stellte Habich Claudia Kramer die gleiche Frage wie zuvor Matthias Thanner.

Sie überlegte kurz. »Ja, da war was«, nickte sie. »Am Tag, als seine Kinder hier eintrafen. In dem kleinen Büro neben dem Empfang gab es eine lautstarke Auseinandersetzung mit Herrn Rademann, unserem Fleisch- und Wurstlieferanten.«

»Konnten Sie hören, um was es ging?«

»Nein, nur zum Schluss beim Rausgehen warf Herr Rademann dem Chef vor, eine Einigung oder Zusage nicht eingehalten zu haben. Er wirkte sehr erbost und hat ziemlich verärgert das Hotel verlassen. Ich weiß nicht, ob das für Sie von Bedeutung ist.«

»Das kann man vorher nie wissen, aber es ist nie verkehrt, so etwas zu erfahren. Wo finde ich diesen Herrn Rademann?«

Claudia gab ihm eine Wegbeschreibung zur Privatvilla und zum Betrieb.

»Kann ich Ihnen sonst noch irgendwie helfen?«

»Ja, das könnten Sie vielleicht wirklich. Unsere Gerichtsmedizin hat festgestellt, dass bei Ihrem Chef das Gift mit einem Spargelsalat verabreicht wurde. Da das Gift relativ schnell wirkt, kann er die Speise erst in der Frühe kurz vor seinem Tod zu sich genommen haben. Können Sie mir da Antworten geben? Wie kam er so früh an Spargelsalat? Woher stammte der Salat? Wo wurde er aufbewahrt? Wann wurde er zubereitet? Ich vermute mal, dass sich Herr Belling nicht frühmorgens hingestellt hat und den Salat selbst hergerichtet hat.«

»Das stimmt! Der Salat stammt vom Abend zuvor. Es ist ein offenes Geheimnis, dass unser Chef in der Saison jeden morgen eine Portion Spargelsalat aß. Meistens blieb was vom

Vortag übrig, wenn nicht, wurde abends für Herrn Belling noch was hergerichtet. Das gesamte Essen wird in unserem Kühlraum neben der Küche aufbewahrt. Da stand mit ziemlicher Sicherheit auch der Salat für den Chef.«

»Wie es an diesem Abend war, wissen Sie aber nicht genau, oder?«

»Das können wir herausbekommen.« Claudia Kramer deutete nach vorn zur Theke. Dort war eine Bedienung dabei, Tische einzudecken. »Melanie, kannst du bitte mal herkommen.« Die Gerufene kam heran. »Der Herr Hauptkommissar möchte dich etwas fragen.«

Melanie konnte helfen. Sie gab Auskunft, das kleine »Familientreffen« im Hinterzimmer bedient zu haben. Als sie abräumte, habe ihr Herr Belling aufgetragen, den Rest des Spargelsalates für ihn auf Seite zu tun. »Das habe ich dann auch gemacht«, beendete sie ihre Aussage.

»Wie haben Sie das gemacht?«, wollte Habich wissen.

»Was heißt wie?«

»Na, haben Sie den Salat nur in die Küche gebracht oder gleich in den Kühlraum?«

Die Frau überlegte kurz. »Wenn ich mich recht entsinne, habe ich die Sachen in die Küche gebracht und dem Personal Bescheid gegeben. ›Den Rest Spargelsalat für den Chef für morgen früh‹, habe ich, glaube ich gesagt oder so ähnlich. Wer sich weiter darum gekümmert hat, kann ich nicht sagen.«

Habich bedankte sich für die Auskunft. Die Bedienung wandte sich wieder ihrer Arbeit zu.

»Brauchen Sie mich noch?«, fragte Claudia Kramer. »Ich müsste nämlich auch wieder an meine Arbeit.«

»Nein, nein, gehen Sie nur.«

Gedankenversunken schlürfte Habich den Rest des nur

noch lauwarmen Kaffees. Gleich darauf setzte er abrupt die Tasse auf den Unterteller. Sein Entschluss für die nächsten Schritte war gefasst. Er verließ das Hotel, stieg in seinen Wagen und fuhr nach Kitzingen. Zuerst steuerte er den Betrieb der Firma Rademann an.

Die Großschlachterei lag ganz am Ende eines weitläufigen Gewerbegebietes. Wegen des Lärmes der ankommenden und abfahrenden Transporter – teilweise zu nachtschlafender Zeit – und der Geruchsbelästigung hatte sich Rademann schon vor vielen Jahren am entferntesten Rand angesiedelt. Im Laufe der Jahre waren weitere Gewerbebetriebe entstanden. Jetzt gab es dort im Gewerbegebiet nur noch wenig freien Platz. Wohlweislich hatte der alte Rademann die Nachbargrundstücke schon vor Jahren aufgekauft, um sich gegebenenfalls vergrößern zu können.

Ein seltsamer Geruch lag in der Luft, als Habich aus dem Auto stieg. Er bildete sich ein, dass es nach Tieren und deren Ausscheidungen roch, gleichzeitig glaubte er einen Duftcocktail aus Blut, Gedärmen und gebrühtem Fleisch wahrzunehmen. Dieser Mischmasch stieg dem Hauptkommissar unangenehm in die Nase. Auch wenn er selbst hin und wieder mit dem Tod zu tun hatte, wirkte hier alles auf ihn recht beklemmend. Er beeilte sich, das Nebengebäude zu erreichen, wo sich die Büros befanden. Dort war die Luft wieder angenehmer. Ihm schlug ein feines Aroma von Geräuchertem entgegen. Seine Geschmacksnerven schienen aktiv zu werden. Hunger stellte sich ein.

Die Dame im ersten Büro fragte »Senior« oder »Junior«, als Habich nach Herrn Rademann fragte.

»Ich denke, es handelt sich eher um den Senior«, lautete seine Antwort.

»Den Gang hinter, die dritte Türe rechts«, wies die Dame ihm den Weg. Während der Hauptkommissar sich dorthin auf den Weg machte, nahm die Dame den Hörer in die Hand und meldete ihn an.

Bevor Habich an die Tür klopfen konnte, wurde sie schon geöffnet. Ihm strahlte ein rundliches Gesicht mit Glatze entgegen.

»Hallo, Herr Kommissar, treten Sie näher«, begrüßte ihn der in legere Jeans und ein weißes Hemd gekleidete Mann. Trotz seiner unübersehbaren Korpulenz wirkte Habichs Gegenüber agil und vital. Sein Alter war schwer zu schätzen, aber der Hauptkommissar vermutete, dass er die sechzig Jahre schon überschritten haben müsste. »Nehmen Sie bitte Platz.« Er zeigte auf einen der Besuchersessel und ließ sich selbst in einen anderen fallen.

»Hauptkommissar Habich von der Kripo Würzburg«, stellte sich Habich vor und zeigte ordnungsgemäß seinen Dienstausweis.

»Was kann ich für Sie tun, Herr Hauptkommissar?«, fragte Rademann gespannt.

»Ich komme wegen des Todes von Heinz Belling und seiner Tochter. Sie haben doch die Familie gekannt.«

»Natürlich, Belling ist ein guter Geschäftskunde. Bezieht schon seit Jahrzehnten Fleisch und Wurst von uns. Sehr tragisch, der Unglücksfall mit Heinz und die Geschichte mit seiner Tochter. Man munkelt was von Gift.« Werner Rademann blickte den Kriminalbeamten fragend an.

»Stimmt! Man munkelt richtig«, bestätigte Habich, »und zwar bei beiden.«

»Was! Heinz auch! Ich dachte, es wäre ein Herzinfarkt gewesen«, zeigt sich der Unternehmer ganz überrascht.

»Nein, es hat sich ebenfalls als Mord herausgestellt. Nun aber zu dem Grund meines Besuches. Ich wollte gern wissen, worum es bei Ihren Streitigkeiten mit Herrn Belling letzte Woche in seinem Büro ging.«

»Streitigkeiten? Ach, das war doch nichts«, winkte Rademann mit beiden Händen ab. »Ich habe meine Enttäuschung zum Ausdruck gebracht über ein Geschäft, das nicht zustande kam, mehr auch nicht.«

»Enttäuschung! Sie haben ihm Vorhaltungen gemacht, eine Zusage nicht einzuhalten. Das deute ich etwas anders.

»Langsam, langsam! Er hat mich lange hingehalten und es sich dann anders überlegt, obwohl für mich alles schon klar erschien. Natürlich habe ich da meinem Ärger ein bisschen Luft gemacht.«

»Verraten Sie mir, um welche Art von Geschäft es ging?«

»Aber sicher! Mir war zu Ohren gekommen, dass er mit seinen Kindern Erbschaftsregelungen treffen wollte. Dabei bin ich mit ihm seit mehr als einem Jahr über seine Betriebe in Verhandlung. Seit seinem ersten Infarkt spielte er mit dem Gedanken, das Ganze zu verkaufen. Er hatte sogar schon ein Angebot von einer Investment-Gruppe, die Firmen aufkauft, je nach Lukrativität selbst behält oder weiterverkauft. Ich habe die Offerte selbst gesehen. Angeblich gab es noch einen weiteren Interessenten, aber von dem weiß ich nichts Näheres. Nun, ich war auch interessiert und habe ihm ebenfalls ein Angebot gemacht. Er hat mich immer wieder hingehalten. Mal wollte er, mal wollte er nicht. Ich habe ihn zum ersten Mal richtig unschlüssig gesehen. Vor etwa vier bis sechs Wochen schließlich hat er mir offenbart, dass er sich gegen den Verkauf entschieden habe. Die Aktion in der letzten Woche war mein allerletzter Versuch, ihn noch mal umzustimmen.«

»Um was für eine Summe ging es bei dem Verkauf?«

Der Geschäftsmann zögerte, mit der Sprache herauszurücken. »Versprechen Sie mir, dass die Zahl unter uns bleibt?«

»Warum? Das Geschäft ist doch eh hinfällig, jetzt wo ...« Habich lächelte plötzlich wissend. »Ahh, ich verstehe ... Die neuen Erben ... Die Chance auf neue Verhandlungen mit niedrigerer Summe. Na gut, wenn Sie nichts mit den Morden zu tun haben, gibt es für mich keinen Grund, die Zahl zu nennen.«

»Gott bewahre!« Rademann schoss aus seinem Sessel hoch. »Sie denken doch nicht, dass ich ...? Ich werde doch nicht ... ich hab doch nicht Heinz und seine Tochter deswegen umgebracht.« Schockiert setzte er sich wieder und starrte den Hauptkommissar an.

»Nun beruhigen Sie sich, wir müssen in alle Richtungen ermitteln und jede Möglichkeit in Betracht ziehen. So ein verpatztes Geschäft ›könnte‹ durchaus ein Anreiz sein. Ich sage extra ›könnte‹«, ergänzte Habich, da er merkte, dass sein Gesprächspartner einen hochroten Kopf bekam und ihm der Hemdkragen zu eng wurde, »weil es im Bereich des Möglichen ist. Also, um wie viel ging es?«

»Mein letztes Angebot lag bei fünf Millionen. Weiter wäre ich auch nicht mehr gegangen. Das war mein absolutes Limit.«

Habich pfiff durch die Zähne. »Eine verdammt hohe Summe. Wusste jemand außer Ihnen und dem alten Belling von dem Angebot?«

»Von meiner Seite aus weiß es nur meine Familie. Das sind meine Frau, mein Sohn, meine Tochter und ich. Von Bellings Seite weiß ich, dass er zu niemandem etwas gesagt hat. Das hat er mir damals anvertraut. Er hat keinen, mit dem er so etwas hätte besprechen können, und darüber hinaus hat er eh immer sein Ding alleine gemacht, ohne jemand zu fragen.«

»Waren Sie seit Ihrem Gespräch vergangene Woche noch mal auf dem Anwesen Belling?«

»Nein! Das heißt ... halt, doch natürlich. Nach der Beerdigung gab's noch einen kleinen Leichenschmaus in der Hotelgaststätte. Ich war aber maximal eine Stunde auf einen Kaffee dort, dann bin ich wieder gegangen.«

»Und Ihr Sohn?«

»Der war hier im Geschäft. Er hatte wenig oder gar nichts mit Belling zu tun. Die alten Kontakte habe ich selbst gepflegt.«

Habich hatte genug gehört. Er verabschiedete sich von Rademann und bestieg gerade seinen BMW X3, als das Handy klingelte.

»Chris, was gibt's?« Er hatte auf dem Display den Anrufer erkannt.

»Dr. Walther ist jetzt in seiner Kanzlei zu erreichen. Seine Mitarbeiterin hat mich gerade angerufen.«

Der Hauptkommissar ließ sich die Adresse des Notars geben.

»Habt ihr sonst noch etwas Interessantes gefunden?«

»Nichts, was auf ein Motiv hindeuten würde. Alle sauber.«

»Okay, ich melde mich wieder.« Habich trennte die Verbindung und startete den Wagen. Gemütlich zuckelte er durch das Gewerbegebiet. Am anderen Ende, kurz bevor es auf die Bundesstraße ging, stoppte der Kommissar an einem Imbiss. Sein Hunger war jetzt so groß, dass sein Magen knurrend rebellierte. So viel Zeit muss sein, sagte er sich, hielt an und bestellte eine Currywurst mit Pommes und eine Cola. Er stellte sich mit seinem »ausgewogenen« Mittagessen draußen an einen der kleinen Stehtische und beobachtete das Geschehen auf der Bundesstraße. Die B8 war jetzt, in der Mittagszeit, stark befahren. Auto hinter Auto, Lkw hinter Lkw bewegten sich dort in die Kreisstadt hinein und heraus.

Minuten später steckte er selbst mittendrin in Richtung Stadtmitte. Die Kanzlei lag im Stadtkern im Bereich des Schwalbenhofes, wo Habich glücklicherweise auch einen Parkplatz fand. Gerade als er aus seinem BMW stieg, sah er einige Parkplätze entfernt Matthias Thanner in ein Fahrzeug steigen. Der junge Mann hatte ihn nicht wahrgenommen und fuhr davon, ehe Habich sich bemerkbar machen konnte. Der Hauptkommissar blickte dem Wagen hinterher und dann auf das mehrstöckige Gebäude, in dem der Notar seinen Sitz hatte.

Der Fahrstuhl brachte ihn in den dritten Stock zu den Kanzleiräumen. Eine Blondine empfing ihn. Einer Vermutung folgend fragte er in belanglosem Tonfall: »Mir war es so, als wenn ich gerade Matthias Thanner gesehen hätte.«

»Ja, Herr Thanner hatte einen Termin mit dem Chef.«

»Aha, dann habe ich richtig gesehen«, nickte Habich grinsend.

»Dr. Walther hat sofort Zeit für Sie«, sagte sie freundlich, lächelte zurück und meldete den Kriminalbeamten telefonisch an.

Sofort darauf kam durch eine Milchglastür ein sportlich eleganter Mann im blaugrauen Anzug. Die schwarzen Haare und der braune Teint ließen Habich eher auf einen Südeuropäer schließen als auf einen deutschen Landsmann. Markant die kantigen Gesichtszüge, die schwarze Brille und ein aufgesetzt wirkendes Lächeln.

»Herr Hauptkommissar, Sie wollten mich sprechen«, sagte er mit dunkler Stimme. »Lassen Sie uns in mein Büro gehen.« Er gab Habich die Hand und zeigte anschließend mit einer einladenden Handbewegung in Richtung der Milchglastür. Dahinter kam ein modern und elegant eingerichtetes Büro mit weißen Designermöbeln in edlen Holzfurnieren und schwarz-weiß-kariertem Leder zum Vorschein. Dr. Walther setzte sich hinter seinen Schreibtisch und zeigte auf einen der Besuchersessel davor. »Womit kann ich Ihnen dienen?«

»Sie wissen von Heinz Bellings Tod und dem seiner Tochter?«

»Ja, meine Mitarbeiterin hat es mir erzählt. Schlimme Sache.«

»Herr Belling hatte mit seinen Kindern für vergangene Woche einen Termin mit Ihnen ausgemacht.«

»Richtig! Es ging um Erbschaftsangelegenheiten.«

»Sind Ihnen Einzelheiten bekannt, was er vorhatte?«

Der Notar nickte. »Er hat mir vorab einen Entwurf gegeben, wie alles verteilt werden soll.«

»Und?«

»Herr Hauptkommissar, Sie kennen doch meine Schweigepflicht«, sagte der Notar mit bedeutungsvollem Gesichtsausdruck.

»Aber, aber, Herr Dr. Walther, muss ich wirklich erst einen richterlichen Beschluss erwirken«, antwortete Habich in ruhigem Ton. »Es geht schließlich um Mord. Zwei Menschen sind gestorben und womöglich hat es irgendetwas mit dieser geplanten Regelung zu tun. Sie müssten eigentlich wissen, dass mir jeder Richter die notwendige Anordnung sofort unterschreibt. Können wir uns das nicht ersparen?«

Der Notar überlegte und trommelte mit den Fingern auf

die glänzende Tischplatte. Sein Blick wanderte von seinem Schreibtisch zu dem Hauptkommissar und wieder zurück. Mit zögernden Bewegungen öffnete er eine Schublade und holte ein Schriftstück heraus. Er reichte es Habich mit den Worten: »Da, lesen Sie selbst.«

Habich überflog die Zeilen. Es herrschte Stille im Raum, während er las. Papier raschelte beim Umblättern. Als der Kriminalbeamte den Entwurf auf den Tisch zurücklegte, blickte er sein Gegenüber an.

»Das ist ja eine Überraschung. Nicht nur seine Kinder hätten laut dieser Vereinbarung geerbt, sondern auch Claudia Kramer und Matthias Thanner. Haben Sie eine Erklärung dafür?«

Etwas widerwillig gab Dr. Walther Auskunft. »Nun, die drei leiblichen Kinder wollte Herr Belling finanziell abgelten. Er vermutete wohl, dass keines der drei Kinder Interesse an der Weiterführung der Unternehmen hatte. Frau Kramer und Herr Thanner sollten unter der Auflage einer Leibrente die beiden Unternehmen bekommen. So etwas war früher bei bäuerlichen Betrieben nicht unüblich. Heinz Belling war mit der Betriebsführung der beiden jungen Leute sehr zufrieden. Für die Berücksichtigung von Matthias Thanner in dieser Nachlassverteilung gibt es noch einen anderen triftigen Grund«, sagte der Notar. Er hatte sich mittlerweile entschieden, den Polizisten lückenlos aufzuklären.

»Und der wäre?«, fragte Habich gespannt.

Dr. Walther reichte ein zweites Schriftstück über den Schreibtisch. Während Habich einen Blick darauf warf, erklärte der Notar: »Matthias Thanner ist ein unehelicher Sohn von Heinz Belling. Dies ist eine eidesstattliche Versicherung, in der Herr Belling die Vaterschaft anerkennt. Die hat Belling vor vielen Jahren Thanners Mutter gegeben, damit sie den Mund hält. Dafür hat er sie all die Jahre finanziell unterstützt.«

»Hat es mit dem Besuch des jungen Mannes von vorhin zu tun?«, erkundigte sich Habich einer Vermutung folgend.

»Ja, er hat mir heute das Dokument übergeben.«

»Haben Sie eine Ahnung, ob Claudia Kramer und Matthias Thanner wussten, dass sie etwas vom Erbe abbekommen sollten?«

Die Antwort war Schulterzucken. »Ich kann es Ihnen nicht genau sagen. Zumindest hätten die beiden bei dem Termin anwesend sein müssen, schließlich sollte ich allen diese Regelung von der rechtlichen Seite her noch erläutern.«

Der Hauptkommissar stellte fest, dass er wieder neue Fakten, aber keine Erkenntnisse über ein mögliches Motiv erhalten hatte. Er verabschiedete sich von dem Notar in der Gewissheit, dass es noch keine Gewissheit gab.

Eine ereignisreiche Nacht

Claudia wollte gerade das Hotel durch die Hintertür verlassen, als sie im Hof eine aufgebrachte Stimme hörte. Vorsichtig öffnete sie die Tür und sah ihre Freundin Stefanie mit dem Handy am Ohr aufgeregt hin und her laufen.

»Das kannst du nicht von mir verlangen! - Ich habe schon genug für dich getan! - Davon habe ich keine Ahnung! - Klar weiß ich, dass es Eile hat! - Aber darum musst du dich selbst kümmern! - Es wird mir langsam zu riskant!«

»Was wird dir zu riskant?«, fragte Claudia mit leicht ironischem Unterton. »Hast du Stress mit jemandem?«

»Ähh was ...!«, erschrak Stefanie, die nicht bemerkt hatte, wie Claudia aus der Tür getreten war. »Nein, nein ...«, sagte sie schnell, zögerte dann aber einige Sekunden und beendete das Telefonat. »... das ist nur ein nerviger Arbeitskollege, dem ich wieder mal aus der Patsche helfen soll. Und das möglichst sofort, bevor unser Chef was mitbekommt.« Sie grinste etwas verlegen und winkte ab. »Halb so wild.«

»So, so!«, kommentierte Claudia Stefanies Erklärung. »Übrigens, Stefanie, heute ist es sehr ungünstig, ich habe noch Arbeit und Matti wird auch noch bis spätabends beschäftigt sein.«

»Schade, ich dachte, wir könnten mal wieder ins Kino gehen, wo ihr doch morgen Ruhetag habt.«

»Tja, das wird wohl nix. Wir haben hier im Moment genug Action und Aufregungen mit den beiden Toten und der Polizei im Haus«, sagte Claudia achselzuckend und wandte sich dem

Nebengebäude zu, wo sich ihre Wohnung befand. »Ich muss mich schnell umziehen. Wünsch dir noch einen schönen Abend.« Mit den Worten ließ sie Stefanie einfach stehen. Das Verhältnis der beiden hatte sich in der letzten Zeit merklich abgekühlt. Der Grund dafür lag zweifelsfrei bei Claudia. Sie begegnete ihrer ehemaligen Schulkameradin mit mehr Reserviertheit. Immer noch stand für sie der Verdacht im Raum, dass Stefanie ein Auge auf Matthias geworfen hatte, und sie wollte ihn nicht kampflos preisgeben.

*

»Kann ich bei Ihnen ein Zimmer bekommen?«, fragte der Hauptkommissar am Empfang. Claudia Kramer kam gerade aus dem kleinen Büro nebenan. Sie hatte die Frage gehört.

»Sie wollen über Nacht bleiben, Herr Hauptkommissar?«

»Ja, so spare ich mir die Fahrerei. Auf mich wartet eh niemand zuhause.«

Sie nickte der Angestellten zu. »Jessica, geht klar. Geben Sie dem Herrn Hauptkommissar Zimmer Nummer eins.«

Der Kriminalbeamte nahm Claudia Kramer zur Seite, so dass die Angestellte nichts mitbekam, und fragte sie: »Wussten Sie eigentlich, dass Heinz Belling vorhatte, Ihnen und Matthias Thanner etwas zu vererben?«

»Nein«, sagte Claudia Kramer völlig erstaunt.

»Hat er Ihnen nichts über einen Notartermin gesagt, der an dem Tag, als er starb, hätte stattfinden sollen?«

Die junge Frau nickte. »Doch, so was in der Art hat er uns gesagt, aber wenigstens ich habe geglaubt, wir müssten dort vielleicht als Zeugen dabei sein. Bei Matthias weiß ich nicht, ob er mehr wusste. Er scheint Geheimnisse vor mir zu haben«, sagte Claudia Kramer enttäuscht.

Nachdem der Kriminalbeamte seine wenigen Utensilien – eine kleine Reisetasche mit allen notwendigen Dingen – auf sein Zimmer gebracht hatte, betrat er das Restaurant. Der Gastraum war nur zu einem Drittel besetzt. An einem der Tische am Fenster saßen die beiden Bellingbrüder. Martin hatte wie immer einen Schoppen Frankenwein vor sich stehen, sein Bruder dagegen begnügte sich mit Wasser.

»Darf ich mich zu Ihnen setzen?«, fragte Habich.

»Würde es etwas nützen, wenn ich ›Nein‹ sage?«, antwortete der jüngere Bruder lässig.

»Martin! Was soll das?«, rügte ihn sein älterer Bruder.

»Sorry, sollte ein Witz sein«, entschuldigte sich Martin.

»Kein Problem«, entgegnete Habich ungerührt. »Ich wollte Ihnen noch ein paar Fragen stellen und dachte, das könnte man auch in lockerer Runde machen.«

»Nur zu, setzen Sie sich.« Martin zeigte auf einen freien Platz.

Die beiden Brüder bekamen ihr Essen serviert und der Hauptkommissar gab nach einem Blick in die Speisekarte – trotz der vorhin eiligst verspeisten Currywurst – auch noch eine Bestellung auf.

»Sind Sie dem Täter schon einen Schritt näher gekommen?«, erkundigte sich Franz Belling.

»Nein, leider nicht. Uns fehlt das ›Warum‹.«

»Bei dem Alten wüsste ich hundert Gründe, bei Nicole keinen einzigen«, sagte Martin bitter.

»Über das, was Ihr Vater beim Notar plante, hatten Sie ja alle keine Ahnung, richtig?« Die beiden nickten. »Dann wissen Sie auch nicht, dass Sie einen Halbbruder haben?«

Mit dieser Nachricht machte der Hauptkommissar seine beiden Tischnachbarn sprachlos. Derweil erzählte Habich, was ihr Vater für Regelungen hatte treffen wollen, und lieferte nähere Details zur neuen Verwandtschaft.

»Wahnsinn, wir haben eine Schwester verloren und einen Halbbruder dazubekommen«, äußerte sich Franz zu den Neuigkeiten.

Martin brachte die Veränderungen auf eine andere Art zum Ausdruck »Das sieht dem Alten ähnlich. Zuhause die Familie terrorisieren und dann fremdvögeln«, war sein Kommentar.

»Was hatten Sie eigentlich nach dem Tod Ihres Vaters mit dem Erbe vor?«, fragte Habich, während sein Essen gebracht wurde – Spargel mit Medaillons vom Schweinefilet, Soße Hollandaise und Butterkartoffeln.

Franz antwortete mit einem Seitenblick auf seinen Bruder. »Wir waren uns noch nicht einig. Nicole und ich wollten die Unternehmen erhalten, Martin plädierte für Verkaufen.«

»Tue ich immer noch.«

Habich versuchte, etwas mehr in die Privatsphäre der beiden Männer einzudringen. Franz war recht aufgeschlossen, was sein Privatleben betraf, aber Martin blockte sämtliche Fragen privater Natur ab. Über die tote Schwester erfuhr der Kommissar auch nicht sehr viel. Sie war in München wohnhaft und führte zusammen mit ihrem Mann und ihrem Schwiegervater ein großes Autohaus in dritter Generation. Der Kontakt der Geschwister untereinander war nicht gerade intensiv zu nennen. Dafür erzählte ihm der ältere Bruder von Nicoles Jugendliebe, die sie hier wiedergetroffen hatte. Er hatte mitbekommen, dass sie am Abend und in der Nacht vor ihrem Tod bei ihm gewesen war.

»Sie ist erst morgens wieder zurückgekommen. Ich bin Frühaufsteher und habe zufällig gesehen, wie sie heimkam.«

Der Gesprächsstoff war zu Ende, die Unterhaltung ins Stocken gekommen und Habichs Teller leer. Gesättigt und zufrieden lehnte er sich zurück und überlegte einen Moment.

»Ich glaube, ich werde noch einen Abendspaziergang machen«, meinte der Polizeibeamte plötzlich. Er leerte seinen Schoppen, bezahlte und ließ die beiden Bellings am Tisch zurück.

Im Freien disponierte er aber noch mal um. Zuerst suchte er erneut den jungen Thanner im Betrieb auf. Dieser saß noch im Büro und erledigte Papierkram. Habich sprach ihn auf die Geschichte mit der Erbschaftsregelung an. Matthias Thanner gab an, nicht gewusst oder geahnt zu haben, dass er etwas erben sollte. Schließlich hatte er da noch nichts von seiner Abstammung gewusst. Erst nach Öffnen des versiegelten Kuverts im Beisein des Notars habe er seine wahre Herkunft erfahren. Die vagen Aussagen seiner Mutter hinsichtlich »gesicherter Zukunft« und dass sie sonst nichts habe sagen dürfen, waren von ihm nicht so recht ernst genommen worden.

»Was war eigentlich mit Ihrer Mutter?«, erkundigte sich der Kommissar.

»Sie war süchtig nach allem, was süchtig macht. In der Hauptsache Nikotin, Alkohol, Drogen und Männer. Keine Party war vor ihr sicher, habe ich irgendwann später erfahren. Dabei muss sie wohl irgendwo Belling über den Weg gelaufen sein, und da ist es passiert. Ich habe meine Mutter nicht gut gekannt und sehr wenig gesehen. Das Jugendamt hat mich ihr weggenommen, da sie nicht in der Lage war, für meine Erziehung zu sorgen«, fing Matthias plötzlich an, ausführlich seine Lebensgeschichte zu erzählen. »So wuchs ich bei mehreren Pflegefamilien auf. Meine Mutter sah ich nur hin und wieder mal. Ich habe mich für sie geschämt und wollte den Kontakt nicht, obwohl sie bei den Treffen immer beteuerte, dass sie mich liebe und sich bessern wolle. Daraus ist nichts geworden«, sagte er enttäuscht. »Erst als sie krank wurde, hat sie gezwungenermaßen mit ihren Exzessen aufhören müssen. Ich bin mir aber nicht sicher, ob sie nicht Rückfälle hatte. Erst als ich schon hier im Betrieb arbeitete und Mutters Krankheit immer schlimmer wurde, habe ich sie öfters besucht.«

»Und wie war das mit Ihrer Ausbildung hier? Wie sind Sie dazu gekommen?«

Matthias lachte ein wenig verlegen. »Jetzt im Nachhinein vermute ich, das war alles geplant. In der Schule hab ich mich sehr für die Natur interessiert und hatte auch einen ›grünen Daumen‹, wie mein Lehrer behauptete. Bei meiner letzten Pflegefamilie habe ich viel im Garten mitgeholfen und irgendwann habe ich mal als Berufswunsch in der Schule ›Gärtner‹ angegeben. Auf jeden Fall, in meinem letzten Schuljahr, als es darum ging, eine Lehrstelle zu bekommen, stand plötzlich Herr Belling da und hat mir eine Stelle angeboten. Er hat mir von seinem Betrieb erzählt, dann hat er mich mitgenommen und ihn mir gezeigt. Es gefiel mir und ich habe zugesagt. Vielleicht hat ihn ja nur sein schlechtes Gewissen geplagt, obwohl ich glaube, dass er kein schlechtes Gewissen kennt«, meinte der junge Mann nachdenklich. »Aber ich muss sagen, er hat mich immer anständig behandelt ... Na ja, bis auf den Lohn ... da war er schon arg knauserig ... Auch hier für meine Position und Verantwortung gab's nicht so übermäßig viel. Gut. dafür haben wir, Claudia und ich, kostenlos gewohnt. Na ja, und seitdem bin ich eben hier.«

Habich hatte die ganze Zeit ruhig zugehört. Ohne weitere

Fragen verabschiedete er sich nun von dem jungen Mann und machte sich gemächlichen Schrittes auf in Richtung Ortschaft. Diese Augenblicke der Ruhe und Entspannung genoss der gebürtige Hesse. Es gab viel zu wenige davon, stellte er fest. Kein Telefon, keine Kollegen, die was von ihm wollten, kein Trubel und auch dem Kopf gönnte er dabei eine Pause. Früher war er oft und gerne gewandert. Im Maintal, im Taubertal, durch den Spessart oder Steigerwald. Aber er kam nicht mehr dazu und musste sich eingestehen, dass auch ein bisschen die Bequemlichkeit eine Rolle spielte. Nach getaner Arbeit oder am Wochenende zog er sich lieber in seine vier Wände zurück oder entspannte beim Schoppen in seiner Stammkneipe.

Sein Blick wanderte im schwächer werdenden Tageslicht über die Weinberge und den Fluss. Tief atmete er die angenehm frische Frühlingsluft ein. Gleich bei den ersten Häusern traf er eine ältere Dame, die er nach dem Weg zur Gaststätte fragte.

»Gehen Sie die nächste Straße rechts in Richtung Main und dann links zur Fähranlegestelle. Sie können das Gasthaus nicht verpassen. Es gibt dort nur das eine.«

Habich bedankte sich und ging weiter. Er bog wie beschrieben in die nächste Straße ein und las auf dem Straßenschild »Herrgottsweg«. »Na hoffentlich ist das ein gutes Omen und uns kommt bald die Erleuchtung«, brummte er vor sich hin. Fünf Minuten später hatte er die Gaststätte erreicht. Außer einigen betagten Männern am Stammtisch – vermutlich Einheimische beim Dämmerschoppen – war nichts los. Die Frau hinter der Theke fragte er nach Paul Edmond.

»Mein Sohn müsste in seinem Büro sein. Gehen Sie hier

zum Hintereingang raus, über den Hof und genau gegenüber in Parterre ist sein Büro. Wenn er dort nicht ist, klingeln Sie. Obendrüber ist seine Wohnung.«

Der Hauptkommissar folgte den Anweisungen und stand kurz darauf im Hof. In der unteren Etage des Hinterhauses brannte Licht. Auf einem silbernen Aluminiumschild neben der Tür stand »Architekturbüro Paul Edmond, Planung & Gestaltung«. Vor den Fenstern waren weder Gardinen noch Jalousien. Ein dunkler Lockenkopf saß seitlich zum Fenster vor einem Computerbildschirm. Gedankenversunken starrte er mit aufgestütztem Kopf regungslos auf den Monitor. Vorsichtig klopfte Habich an die Scheibe. Der Mann wandte sein Gesicht leicht erschrocken zum Fenster. Dann machte er dem Besucher durch Zeichen verständlich, die Tür sei offen und er könne eintreten.

»Entschuldigung, dass ich Sie erschreckt habe. Ich hoffe, ich störe nicht.«

»Schon in Ordnung«, sagte der schlanke jüngere Mann freundlich.

»Sind Sie Paul Edmond?«

»Ja, der bin ich.«

Habich empfand sofort Sympathie für den Architekten, der ihn mit einem offenen Blick aus dunklen Augen ansah, die Wärme und Freundlichkeit ausstrahlten. Sein Äußeres – mit der schwarzen Lockenpracht und dem dunklen Wildwuchs im Gesicht – wirkte eher wie das eines Künstlers.

»Ich bin Hauptkommissar Theodor Habich von der Kripo Würzburg«, stellte sich Habich vor und reichte Edmond die Hand.

»Oh, ich verstehe«, sagte der Architekt mit traurigernstem Blick. »Sie sind wegen ... Sie ermitteln ...« Er schluckte heftig. »... wegen Nicole und ihrem Vater.« Der Name der Frau ging ihm nur schwer über die Lippen. »Wie kann ich Ihnen helfen?«

Hörbar atmete Habich ein und aus, bevor er antwortete. »Ich bin auf der Suche nach einem Motiv. Nach dem ›Warum‹. Vielleicht können Sie mir ein bisschen mehr erzählen. Die wenigsten haben Heinz Belling richtig gekannt und von seiner Tochter weiß ich auch nicht viel. Selbst die Geschwister haben untereinander die Bindung verloren, wenn es denn je eine gab. Soweit ich erfahren habe, waren Sie mit ihr eine längere Zeit zusammen und sie hat Sie nach den langen Jahren wieder aufgesucht. Als Einheimischer müssten Sie doch auch etwas über den alten Belling wissen. Es wird doch sicherlich erzählt, Gerüchte gehen um und der Stammtisch in Ihrem Wirtshaus ist die beste Brutstätte für so etwas.«

»Der alte Belling!«, lachte Paul bitter. »Natürlich gibt es Gerüchte, aber Sie müssen lange suchen, bis Sie jemand finden, der einem Fremden was darüber erzählt. Meine Mutter könnte es, sie ist so alt wie Heinz Belling und kennt ihn gut. Nur, Sie werden kein Wort aus ihr herausbringen. Er hat mit seinem Hotel Touristen hierhergeholt, hat sich für die Radwanderwege am Main, für den Campingplatz und den weiteren Betrieb der Fähre eingesetzt. Alles Projekte, an denen auch andere mitverdient haben und noch verdienen. Ich weiß nicht, ob meine Mutter sonst die alte Kneipe zur Speisegaststätte hätte ausbauen können. Er hat Arbeitsplätze geschaffen und unterstützte unser Vereinsleben. Nach außen hin ein Gönner und Wohltäter, alles andere interessiert nicht.«

»Aber Sie selbst müssen doch auch einiges mitbekommen haben. Sie waren doch mit seiner Tochter liiert und erzählen

Sie mir nicht, dass Sie nicht bei den Gesprächen am Stammtisch zugehört haben.«

»Klar hab ich das. Nur hieß es zum Schluss immer wieder, ›Das verstehen wir nicht, das geht uns nichts an‹. Damit wurde das Thema abgetan.«

»Und was ging niemand was an?«

»Dass der alte Belling das große Wort geführt hat und zuhause ein strenges Regiment. Es gab sogar Befürworter, die meinten, nur so habe man Erfolg und schaffe es an die Spitze. Nicole war damals auch ziemlich verschlossen, wenn es um ihr Zuhause ging. All zu oft war ich nicht bei ihr, wir haben uns meistens außerhalb oder bei mir getroffen.«

»Was können Sie mir sonst über Nicole Belling sagen?«

»Ach herrje«, seufzte der Architekt und bekam wässrige Augen. »Es fällt mir schwer, darüber zu reden. Ich bin gerade dabei, den Schock zu verkraften, und kann keinen klaren Gedanken fassen. Selbst die Arbeit lenkt mich nicht ab.«

»Vielleicht hilft es, darüber zu reden«, tastete Habich sich vorsichtig vor. »Sie haben doch sicherlich bei ihrem letzten Besuch viel über alte Zeiten gesprochen.«

»Auch! Aber viel mehr haben wir über Gegenwart und Zukunft geredet. Wir haben festgestellt, dass es da immer noch ein Band zwischen uns gibt. Trotz der Jahre dazwischen.« Erneut stockte Paul und rang nach Fassung. »Wir wollten daran anknüpfen, wenn Sie verstehen, was ich meine.« Habich nickte wortlos. »Eigentlich haben wir es in dieser Nacht schon getan. Zuerst haben wir geredet und geredet, und schließlich gingen wir noch einen Schritt weiter ... Na ja, sie blieb halt bis zum Morgen. Sie bat mich ihr zu helfen, ihre ›innere Freiheit‹, wie sie es nannte, zu erlangen. Nicole fühlte sich zugeknöpft und eng verschnürt wie ein lebloses, unbeseeltes Bündel. So seltsam es klingt, aber jetzt, nach dem Tod ihres Vaters, sah sie die Chance, bei sich was zu verändern. Ihre erste Veränderung sollte sein, die Unternehmen zu erhalten und weiterzuführen. Sie hatte Pläne, wieder nach Hause zu kommen ... Nein, wir hatten Pläne«, sagte Paul und wischte sich verstohlen eine Träne aus jedem Auge. »Auf mich wirkte sie an diesem Abend irgendwie hilflos und verletzlich.«

»Und was war mit München, mit ihrem Mann?«

»Das funktionierte laut Nicole schon eine ganze Weile nicht mehr richtig. Der Kinderwunsch beider hatte sich nicht erfüllt, auch so ein Knackpunkt für die Beziehung, wie Nicole behauptete. Sie war deswegen sogar bei irgendwelchen Therapeuten gewesen, die von psychischer Blockade sprachen. All das wollte sie jetzt versuchen abzuschütteln und neu anfangen.«

»Wenn ich Sie richtig verstehe, hat sie ihrem Vater und seinem Verhalten gegenüber der Familie die Schuld an ihrer Verfassung gegeben. Glauben Sie, sie hätte versucht Abhilfe zu schaffen?«

»Sie meinen ... Nicole ihren Vater ... Nein, nein, unmöglich, dass traue ich ihr nicht zu ... Auf keinen Fall ... Das hätte sie nicht gekonnt«, sagte der Architekt entrüstet. »Und wer sollte dann sie ...?«

Entschuldigend hob Habich die Hände. »Ich versuche nur in alle Richtungen zu denken und Theorien aufzustellen.«

»Aber diese Theorie ist völlig widersinnig. Nein, nein, Herr Hauptkommissar, ich habe Nicole in jungen Jahren gekannt und habe sie an dem Abend wieder kennengelernt. Dazu wäre sie nicht fähig, eher hätte sie mit der Situation weitergelebt. Dafür lege ich meine Hand ins Feuer. Den alten

Belling nicht zu mögen, dafür gab es garantiert mehr als einen Grund, aber das mit Nicole begreife ich nicht.«

Diese Beurteilung kam dem Hauptkommissar bekannt vor, die hatte er schon von anderer Seite gehört oder wenigstens so ähnlich.

Es war schon spät am Abend, als sich Habich auf den Weg zum Hotel machte. Paul Edmond hatte ihm angeboten ihn zu fahren, was Habich dankend ablehnte. Noch ein bisschen Bewegung täte ihm gut, meinte er. Der Fußmarsch und die Stille beflügelten seine Gedanken. Wir suchen das Motiv an der falschen Stelle, überlegte Habich. Neue Ansätze müssen her, nahm er sich für den nächsten Tag vor. Noch ahnte der Hauptkommissar nicht, welche neuen Ansätze auf ihn zukommen sollten. Nach den letzten Häusern unterbrach er seine Gedanken. Die Straßenbeleuchtung endete dort. Jetzt musste er sich mehr darauf konzentrieren, wohin er seine Schritte zu lenken hatte. Die Nacht war sternenklar und so wurde letztlich auch der unbeleuchtete Teil des Weges kein Problem.

Das Hotel lag – bis auf die Außenbeleuchtung am Hoteleingang – im Dunkeln. Hinter keinem der Fenster brannte Licht. Wie viel Gäste im Moment dort logierten, wusste der Hauptkommissar nicht. Sein Blick glitt über die Hausfront und verharrte. War da nicht doch ein ganz schwacher Schein, kaum wahrnehmbar? Dort oben, im zweiten Stock? Es sah aus wie das Licht einer kleinen Schreibtisch- oder Leselampe hinter schweren dichten Gardinen. Jemand anderem wäre der Lichtschein womöglich entgangen, nur seinem geschulten Auge und der stetigen Aufmerksamkeit hatte er die Wahrnehmung zu verdanken. Das musste die Wohnung des alten Belling sein. Vermutlich einer der Söhne, der noch Unterlagen wälzt, überlegte Habich. Dann kann es eigentlich nur Franz, der Ältere sein, spann der Hauptkommissar lächelnd seinen Gedanken weiter. Martin war zu so später Stunde sicherlich nicht mehr an Papieren interessiert. Aus dem Dorf hörte er die Turmuhr schlagen. Er blickte auf die Leuchtziffern seiner Armbanduhr, es war genau 23 Uhr, als er den Schlüssel ins Schloss steckte.

Habich stand im Treppenhaus und überlegte. Die berufliche Neugier siegte. Er stieg die Treppe bis in die zweite Etage hoch und klingelte an der Wohnungstür. Franz öffnete mit verwundertem Blick.

»Ach, Sie sind es, Herr Hauptkommissar. Kommen Sie rein.«

»Nein, ich wollte mich nur vergewissern, dass alles in Ordnung ist, weil ich das Licht sah.«

»Ich konnte nicht schlafen und wollte mich ein bisschen ablenken. Bin gerade dabei, mir die finanzielle geschäftliche Situation anzuschauen.«

»Und, schon einen ersten Eindruck erhalten?«

»Na ja, auf den ersten Blick sieht es recht ordentlich aus, nur habe ich noch einiges an Unterlagen vor mir.«

»Dann wünsche ich noch viel Spaß«, verabschiedete sich Habich. Eine Viertelstunde später lag er im Bett und schlief kurz darauf ein.

Noch ein Licht brannte zu der Zeit im Hotel. Matthias Thanner saß alleine im Wohnzimmer des Nebengebäudes und grübelte. Seine Freundin war schon vor über zwei Stunden schlafen gegangen, nachdem er sich wieder vor einer Aussprache gedrückt hatte. Claudias Versuch wurde von ihm mit den Worten »Heute bitte nicht, ich hab andere Sorgen« abgewürgt.

»Was für Sorgen? Rede bitte mit mir«, hatte sie ihm

nachgerufen, als er das Esszimmer verließ. Seitdem saß er auf der Couch, starrte stumpfsinnig auf den laufenden Fernseher und rührte sich nicht. Claudia war gar nicht mehr ins Wohnzimmer gekommen. Sie hatte den Tisch abgeräumt, das Geschirr gespült und sich ein Bad eingelassen. Danach war sie gleich im Schlafzimmer verschwunden. Er beschloss, heute Nacht hier auf der Couch zu schlafen. Aber zuerst muss ich noch etwas erledigen, schoss es ihm durch den Kopf. Verflucht noch mal, wieso habe ich nicht früher gewusst, dass ich ein Belling bin, haderte er mit den neuen Umständen.

Im Fernsehen begannen gerade die Mitternachtsnachrichten, als er sich zu einem Entschluss durchgerungen hatte. Die Idee war aus der Verzweiflung geboren, aber etwas anderes und vor allen Dingen Sinnvolleres fiel ihm nicht ein.

Im Korridor nahm er seinen Bund mit den gesamten Schlüsseln vom Schlüsselbrett. Aus einer Schublade der Kommode im Hausgang zog er eine kleine leistungsstarke Stabtaschenlampe. Sie passte perfekt in die Hosentasche seiner Jeans. Leise öffnete und schloss er die Wohnungstür. Ohne Licht benutzte er das Treppenhaus, trat aus der Haustür und blieb einen Moment stehen. Er lauschte mit angehaltenem Atem. Nichts war zu hören. Jetzt brummte irgendwo weiter entfernt ein Automotor. Vermutlich von der Zufahrtsstraße zum Dorf her, die etwa dreihundert Meter hinter dem Haus vorbeiführte. Das Motorengeräusch verstummte. Matthias lief die wenigen Meter bis zum Hintereingang des Hotels. Mit flinken Fingern fand er den richtigen Schlüssel, öffnete im Schein der Taschenlampe die Tür und schlüpfte hinein. Drinnen lehnte er sich an die Tür. Sein Herz pochte bis zum Hals. Warum war er so aufgeregt?, fragte er sich selbst. Alles schlief, theoretisch konnte ihn keiner überraschen. Trotzdem blieb die Aufregung und verlieh ihm schweißnasse Hände.

*

Das Auto, das Matthias gehört hatte, war nicht in Richtung Albertshofen gefahren. Die dunkle Limousine bog an der Zufahrtsstraße zum Hotel ab. Hundert Meter vor dem Haus parkte der Wagen in den Weinbergsanlagen. Eine ganz in Schwarz gekleidete Person stieg aus und sicherte geduldig einen Augenblick die Umgebung. Niemand sonst weit und breit, der etwas hätte beobachten können. Dann erst lief die Gestalt die letzten Meter zu Fuß zum Hotel. Sie schien sich auszukennen und steuerte den Hintereingang an, den Matthias erst kurz zuvor benutzt hatte. Eine Stirnlampe und entsprechendes Werkzeug halfen, die Tür in null Komma nichts zu öffnen. Die schlanke schwarz gekleidete Person schlüpfte ins Haus.

*

Matthias kannte sich aus. Ihm war klar, dass die gesuchten Unterlagen oben im zweiten Stock sein mussten. Das kleine Büro neben dem Empfang enthielt nur die laufenden Personalpapiere sowie ganz aktuelle Betriebsunterlagen und Rechnungen. Alles, was mehr als zwei, drei Monate vergangen war, befand sich in dem Büro in Bellings Wohnung. Der junge Mann erklomm sicheren Schrittes ohne Licht die Treppe zur zweiten Etage, dort, wo sich Heinz Bellings Wohnung befand. Vor dem Eingang zögerte er kurz. Ihm kamen Zweifel, ob er das Richtige tat. Eine unsichtbare Kraft trieb ihn weiter. Jedes Mal überkam Matthias ein ehrfurchtsvolles

Gefühl, wenn er die feudal eingerichtete Wohnung mit den massiven Möbeln und den teuren Teppichen betrat, die noch von Bellings Frau stammten. Obwohl die Frau schon lange Jahre nicht mehr lebte, fühlte er sich heimisch und geborgen.

Kam man durch die Wohnungstür, so stand man in einem kleinen Vorraum, an den sich das große offene Wohnzimmer anschloss. Links lag das Arbeitszimmer, rechts ging es in die Küche mit anschließendem Essbereich. Im hinteren Bereich gelangte man vom Wohnzimmer aus in zwei Schlafzimmer. In der Mitte befand sich das große Bad. Das Arbeitszimmer war durch zwei Türen erreichbar, einmal von der Diele aus und direkt vom Wohnzimmer her.

Die Diele und der anschließende Wohnbereich waren stockdunkel. Küche und Esszimmer rechter Hand interessierten den jungen Mann nicht. Sein Augenmerk richtete sich auf das Arbeitszimmer. Er bekam einen Schreck. Die Tür, die vom Vorraum in das Büro führte, besaß in der Mitte einen Einsatz mit undurchsichtigem Ornamentglas, durch das der schwache Schein einer Lampe hindurchschimmerte. Verdammt, war das möglich, saß da noch jemand zu so später Stunde in Bellings Büro? Matthias war verzweifelt. Er sah seine letzte Chance, etwas zu unternehmen, dahinschwinden. Schon dachte er an Rückzug und hatte die Tür zum Treppenhaus wieder geöffnet, als er glaubte, von unten ein Geräusch gehört zu haben. Er wusste, dass mehrere der Holzstufen ganz leicht knarrten, und genau diesen Ton hatte er wahrgenommen. Kam da noch jemand? Schlich noch einer im Haus herum oder war es ein später Gast? Er wartete angespannt. Nichts geschah. Ein Übernachtungsgast hätte längst das Licht im Treppenaufgang betätigt, um sich zu orientieren. Keiner tapste nachts grundlos in einer fremden Umgebung im Dunkeln herum, es sei denn, er wäre volltrunken und fände den Schalter nicht.

Das schwache Mondlicht, das durch das Fenster im Treppenaufgang schien, verriet den heimlichen Besucher. Matthias nahm einen Schatten wahr, der sich vorsichtig nach oben bewegte. Nein, das war kein alkoholisierter Gast, der sich durchs Treppenhaus tastete. Die Bewegungen waren geschmeidig und gleichzeitig bedächtig. Zurück in die Wohnung und sich dort verstecken war die einzige Chance des jungen Mannes. Angestrengt überlegte er, wo. Er kannte die Wohnung, die wenigen Möglichkeiten und ihm blieb nicht viel Zeit. Außerdem musste er aufpassen, dass ihn die Person im Arbeitszimmer nicht bemerkte.

Vorsichtig huschte er ins Wohnzimmer. Gleich darauf spürte er den Teppich unter seinen Schuhen. In dem Moment hörte er leise Geräusche aus dem Büro. So als wenn jemand einen Stuhl bewegt. Bis zu einer der hinteren Schlafzimmertüren würde er es nicht mehr so schnell schaffen. Der Wohnzimmertisch, fiel ihm ein. Nein, zu niedrig. Mit einem halben Hechtsprung quetschte er sich hinter die Rückenlehne des wuchtigen Sofas dicht an die Wand. Dort lag er wie ein Hering in der Dose, kaum fähig sich zu rühren.

Gerade noch rechtzeitig war er in Deckung gegangen, denn im selben Augenblick trat eine Person aus dem Arbeitszimmer. Matthias hatte von seinem engen Versteck aus die Bürotür im Auge und erkannte im Lichtschein Franz Belling. Dieser ging zu einem neben der Tür stehenden Schrank, öffnete ihn und holte zwei Ordner heraus. Mit denen verschwand er wieder im Arbeitszimmer, ließ aber die Tür geöffnet. Matthias hörte ihn in den Ordnern blättern und leise murmeln, ohne die Worte zu verstehen.

»Was ist denn das? Das ist ja interessant.« Die Worte, die Franz plötzlich laut zu sich selbst sagte, verstand auch der junge Mann hinter dem Sofa. Dann wurde es wieder still.

»Hallo, wer sind Sie ...?« Keine Minute später vernahm Matthias den überrascht klingenden Ausruf. Dann folgte ein kurzes Gepolter und zwischendurch ein halblauter Aufschrei, der in Stöhnen überging und schließlich abbrach. Sekundenlang herrschte Ruhe. Das Nächste, was Matthias hörte, war hektisches Geraschel, so als wenn Seiten in höchster Eile umgeblättert würden. Schranktüren wurden geöffnet, Schubladen durchstöbert und Ordner klapperten. Dabei stieß der Unbekannte immer wieder leise Flüche aus. Er schien eine Menge Akten und Unterlagen im Schnellverfahren durchzuschauen. Schließlich ein leiser Ton der Erleichterung. Anscheinend hatte er gefunden, was er suchte.

Während im Büro gestöbert wurde, versuchte Matthias, seine missliche Situation etwas zu verbessern. Er drehte seinen Körper, weil ihm die derzeitige Lage einige Schmerzen bereitete. Dabei rutschte ihm sein Schlüsselbund aus der Hosentasche. Es klimperte leise. In der Stille kam ihm das Geräusch wie ein Getöse vor. Da, wo er lag, gab es keinen Teppich mehr, nur noch blanken Holzboden. Atemlos schaute er gebannt auf die offene Bürotür und spürte, wie sich Schweißperlen auf seiner Stirn sammelten. Der Unbekannte schien das Geräusch oder zumindest irgendetwas gehört zu haben. Er erschien im Türrahmen und tastete seitlich nach dem Lichtschalter. Die Deckenbeleuchtung erhellte den großen Raum. Angestrengt lauschend blickte sich der Mann im Wohnzimmer um. Matthias hatte hinter der Sofalehne Todesängste auszustehen. Er wagte kaum zu atmen. Dann erfolgte die Erlösung für Matthias. Durch die Stille hindurch hörte man im Stockwerk darunter eine Toilettenspülung. Die Gestalt entspannte sich und schaltete das Licht wieder aus. Einer der Übernachtungsgäste hatte vielleicht eine schwache Blase oder zu viel getrunken, was Matthias davor bewahrte, entdeckt zu werden. Dafür erkannte Thanner den ganz in Schwarz gekleideten Mann, der mit mehreren Blatt Papier in der Hand dort in der Tür stand, sich jetzt wieder umdrehte und im Arbeitszimmer verschwand. Beinahe hätte Matthias einen Ausruf der Überraschung losgelassen. Erst im letzten Moment konnte er sich beherrschen.

Mehrere Minuten verharrte Matthias noch in seinem Versteck. Seitdem der heimliche Besucher wieder aus dem Blickfeld verschwunden war, blieb es im angrenzenden Zimmer ruhig. Nichts deutete darauf hin, dass die Person noch anwesend war. Schließlich nahm Matthias allen Mut zusammen und zwängte sich hinter dem Sofa hervor. Er konnte ja nicht ewig dort liegen bleiben. Nichts geschah. Mutiger geworden, näherte er sich der offenen Tür zum Arbeitszimmer. Schon in seinem Versteck hatte er sich die ganze Zeit gefragt, was mit Franz geschehen war. Jetzt sah er es, als er vorsichtig ins Zimmer blickte. Die massive Leselampe auf dem Schreibtisch brannte noch und beleuchtete einen Menschen, der mit dem Oberkörper auf der Tischplatte lag. Matthias' Blick richtete sich zuerst auf das Gesicht und die starren Pupillen. Es war Franz. Als Nächstes sah er aus dessen Rücken einen Gegenstand mehrere Zentimeter herausragen. Ob es ein Messer oder etwas anderes war, konnte Thanner nicht genau erkennen. Rund um den Ermordeten, denn es war offensichtlich, das Franz tot war, herrschte Chaos. Ordner und Dokumentenmappen lagen kreuz und quer neben dem Toten auf dem Tisch und dem Fußboden herum. Lose Blätter und Unterlagen waren im ganzen Raum verstreut. Der Mörder hatte eindeutig etwas Bestimmtes gesucht und vermutlich auch gefunden. Matthias dachte an die Papiere zwischen den behandschuhten Fingern des Täters. In dem jungen Mann stieg Panik auf. Panik, weil er selbst in Verdacht geraten könnte, Panik, weil es das miterleben musste, und Panik, weil dadurch sein eigenes Vorhaben gescheitert war. So abgebrüht war Matthias nicht, jetzt in aller Seelenruhe neben dem Toten die Ordner zu durchwühlen, um das, was er suchte, zu finden. Nun nahm eben das Schicksal seinen Lauf oder ihm musste noch was ganz anderes einfallen. So leise und vorsichtig, wie er gekommen war, verließ er die Wohnung wieder und begab sich in die eigenen vier Wände. Dort legte er sich bekleidet auf die Couch und schloss die Augen. Einschlafen konnte er nicht, die Ereignisse der Nacht ließen ihn nicht los. So lag er wach, bis es zu dämmern begann und er aufstehen musste.

Ein neues Opfer

Habich saß gerade beim Frühstück, als Claudia Kramer kreidebleich in den Gastraum stürmte.

»Herr Hauptkommissar, Sie müssen mitkommen, es ist etwas passiert.«

Der Gesichtsausdruck der jungen Frau sprach Bände. Ohne zu fragen legte Habich sein Besteck zur Seite und folgte Claudia, die ihm den Weg wies. Es ging die Treppen hinauf in den zweiten Stock. Dorthin, wo die Privatwohnung des alten Belling lag, die er erst in der Nacht aufgesucht hatte. Claudia öffnete mit einem Schlüssel die Wohnungstür, ohne selbst die Wohnung zu betreten.

»Da hinein und gleich links die erste Tür«, sagte sie mit belegter Stimme.

Habich betrat die Diele. Die besagte Tür auf der linken Seite war nur angelehnt. Er stieß sie auf. Dem Hauptkommissar bot sich der gleiche Anblick, den Matthias in der Nacht zu sehen bekommen hatte: im ganzen Zimmer Unordnung und mittendrin die Leiche am Schreibtisch.

»Der nächste Belling. Dass ist doch nicht normal. Da will doch einer der Familie an den Kragen«, brummte der Kriminalist vor sich hin.

Ohne zu zögern zog Habich sein Handy aus der Tasche und drückte eine Nummer aus dem Kurzspeicher. Am anderen Ende meldete sich Kollege Rautner.

»Guten Morgen, Chef.« Christoph meldete sich gut gelaunt.

»Nix is mit gutem Morgen. Es gibt Arbeit«, brummte der Hauptkommissar ins Telefon. »Wir haben eine neue Leiche. Bring die ganze Mannschaft mit.«

Mit der Mannschaft meinte er natürlich die Spurensicherung und den Gerichtsmediziner, die vor Ort alles akribisch untersuchen würden.

Zu Claudia Kramer gewandt fragte er: »Wer hat alles Schlüssel von der Wohnung?«

»Na, auf jeden Fall ich. Sie haben ja gesehen, wie ich die Wohnung aufgeschlossen habe. Dann natürlich Matti, und der Generalschlüssel hängt unten im Büro.«

»Also hätten viele Zugang zu der Wohnung gehabt.«

»Eigentlich schon. Der alte Belling hat daraus kein Geheimnis gemacht. Bei ihm stand die Tür sowieso immer für jeden offen. Wörtlich gesehen zumindest.«

»Gut, ich möchte gern sämtliche Schlüssel haben, und die Wohnung ist bis zum Ende der Untersuchung gesperrt.«

*

»Hey, Theo, ich befürchte, wir müssen das Motiv überdenken. Da will doch jemand der Familie an den Kragen, oder nicht?«, meinte Rautner nach seiner Ankunft.

»So weit war ich mit meinen Überlegungen auch schon«, knurrte Habich missmutig. »Aber warum?«

Wenig später kamen die ersten Ergebnisse der »Spusi« und des Gerichtsmediziners. Der Tod des Opfers war kurz nach Mitternacht eingetreten.

»Verflucht, wenn ich noch ein bisschen länger geblieben wäre, hätte ich auch in der Wohnung sein können, als der Mörder kam«, ärgerte sich Habich.

Rautner blickte ihn verständnislos an. Habich schilderte ihm die nächtliche Begegnung mit dem Opfer. Sie wurden vom Leiter der Spurensicherung unterbrochen. Bei der Tatwaffe handelte es sich um ein Spargelstechmesser, aber um kein gewöhnliches, wusste der Kollege zu berichten. An der Wand des Büros hing eine Sammlung von historischen Spargelstechmessern, die bis zurück ins 19. Jahrhundert reichte. Der Senior hatte die verschiedensten Arten und Varianten zusammengetragen. In dieser Sammlung befand sich auch ein spanisches Stechmesser, das dort jetzt fehlte, da es im Körper des Opfers steckte.

»Was können wir daraus schließen?«, fragte Habich nach dem Kurzbericht der »Spusi« die Jungkommissarin Blume, die wieder mit dabei war und diesmal den Anblick der Leiche besser verkraftet hatte.

Jasmin blickte ihn einen Moment lang an. »Sie meinen wegen der Tatwaffe?«

»Genau! Zu welcher Vermutung würden Sie da kommen?«

»Er hatte keine eigene Waffe dabei und nahm, was er kriegen konnte.«

»Richtig! Was wiederum die Schlussfolgerung zulässt, dass es eine spontane Tat war. Der Täter hatte vermutlich gar nicht vor, jemanden umzubringen. Sehr wahrscheinlich war Franz zur falschen Zeit am falschen Ort, und das war sein Pech. Nach dem Chaos in dem Arbeitszimmer zu urteilen hat der Täter irgendetwas gesucht, ein ihn belastendes Schriftstück vielleicht. Es muss einfach irgendwie mit dieser geplanten Erbschaftsregelung zusammenhängen. Ab da begannen die Morde.« Der Hauptkommissar wandte sich an seinen Kollegen Rautner. »Die Spurensicherung soll sämtliche Unterlagen mitnehmen und durchforsten. Vielleicht finden wir ja darin einen Hinweis, selbst wenn der Mörder schon gefunden hat, was er suchte.«

Erneut wurde eine Befragung der wenigen Hotelgäste sowie von Claudia Kramer und Matthias Thanner durchgeführt. Sonst war in der Nacht niemand im Hotel gewesen. Die Gäste hatten nichts gehört und waren nur entsetzt, dass über ihren Köpfen ein Verbrechen geschehen war. Claudia Kramer und Matthias Thanner wirkten beide unausgeschlafen und übernächtigt. Getrennt voneinander gaben sie aber übereinstimmend an, es läge an gewissen privaten Differenzen, die sie nicht zur Ruhe kommen ließen.

Martin Belling saß völlig fassungslos im Restaurant. Da heute Ruhetag war, störten ihn kein Personal und keine Gäste. Die Coolness der vergangenen Tage war ganz von ihm abgefallen. Innerhalb kürzester Zeit hatte er den Vater und beide Geschwister verloren. Hatte ihn bisher auch vieles kaltgelassen, aber der Mord an seiner Schwester und jetzt an Franz gehörte nicht dazu. Inzwischen waren ihm die Worte ausgegangen. Ohne Zutun des Kommissars machte sich der junge Belling selbst seine Gedanken: Warum das? Wem hatten der Alte und seine Geschwister etwas getan? Wollte jemand den Namen Belling auslöschen? War er der Nächste? Bei der letzten Frage fröstelte er leicht. Habich setzte sich schweigend zu ihm. So saßen sie eine ganze Weile wortlos, bis sich Martin plötzlich regte.

»Haben Sie schon eine Erklärung für diesen Wahnsinn?«, fragte er den Kriminalbeamten erschüttert.

»Nein, leider nicht. Haben Sie gewusst, dass Ihr Bruder gestern Abend dort oben war?«

»Davon hatte ich keine Ahnung. Vermutlich wollte er sich die Umsatzzahlen der beiden Betriebe anschauen. Er wollte, genau wie Nicole, das Hotel und den Gemüseanbau behalten.«

»Richtig!«, bestätigte der Hauptkommissar. »Und Sie ja nicht.«

»Nein, ich war für Verkaufen.«

»Na, dem steht ja jetzt nichts mehr im Wege ... Ach nein, stimmt nicht, Ihr neuer Halbbruder kann jetzt mitreden. Nun müssen Sie sich mit ihm auseinandersetzen.«

»Glauben Sie vielleicht, ich hätte deswegen meinen Vater und meine beiden Geschwister umgebracht? Sie spinnen ja wohl«, meinte Martin entrüstet. »Okay, auf den Alten war ich nicht gut zu sprechen, aber selbst den hätte ich deswegen nicht umgebracht. Nicole und Franz erst recht nicht.«

»Kennen Sie den ›Blauen Eisenhut‹?«

»Natürlich kenn ich den. Lateinisch ›Aconitum napellus‹ genannt, aus der Familie der Hahnenfußgewächse, ›Ranunculaceae‹. Ist hochgiftig. Wird auch für medizinische Zwecke verwendet. Was ist damit? Ach so, ich verstehe! Stammt das Gift davon? Und jetzt glauben Sie, weil ich mich damit auskenne ... als Botaniker und so.« Er lachte bitter. »Nein, nein, da muss ich Sie enttäuschen. Ich habe damit nichts zu tun.«

»Tja, aber irgendwer muss aus irgendwelchen Gründen die Morde begangen haben. Und es müssen triftige Gründe gewesen sein, schließlich ist Mord kein Kavaliersdelikt«, knurrte Habich leicht gereizt. Auch wenn er äußerlich ruhig blieb, zerrte die Ungewissheit an seinen Nerven.

»Da gebe ich Ihnen verdammt Recht und hoffe, dass Sie den Schweinehund bald fassen«, sagte Martin aufgebracht.

»Okay, Sie halten sich aber bitte weiterhin zu unserer Verfügung«, sagte der Hauptkommissar und erhob sich.

»Wenn Sie meinen. Mein Arbeitgeber wird zwar nicht begeistert sein, aber ...« Resigniert hob Martin die Hände und winkte ab.

Habich war kaum aus dem Gastraum hinaus, als ihm ein Gedanke kam. Er stand im Empfangsbereich des Hotels, wo sich Claudia Kramer hinter dem Tresen zu schaffen machte. Auch wenn das Restaurant geschlossen war, ging der Übernachtungsbetrieb weiter. Der Kripobeamte ließ sich von Claudia Kramer die Telefonnummer der Firma Rademann geben und rief mit seinem Handy dort an.

»Kann ich bitte Herrn Rademann senior sprechen? Ja, ich warte, danke.« Während er darauf wartete, verbunden zu werden, trat er ins Freie. »Hallo, Herr Rademann, hier ist noch mal Hauptkommissar Habich, ich hätte noch eine Frage. Sie haben mir doch erzählt, Sie hätten das Angebot dieser Investmentgruppe gesehen, das Belling wegen des geplanten Verkaufes bekommen hatte. Können Sie sich an den Namen der Firma erinnern?«

»Nein, den weiß ich nicht, da der Name geschwärzt war. Ich habe nur eine Kopie gesehen, wo jemand mit einem Filzstift im Briefkopf den Absender dick durchgestrichen hatte«, antwortete Werner Rademann.

»Konnten Sie die Angebotssumme lesen?«

»Ja klar, deswegen hat mir Belling doch das Papier unter die Nase gehalten. Da stand der Betrag von vier Millionen fünfhunderttausend. Das war aber nicht alles ...«

»Was noch?«

»Auf der Kopie stand eine handschriftliche Randnotiz mit einer weiteren Zahl. Diese Summe sei von dem zweiten Mitbieter, gab mir Belling zu verstehen.«

»Wie hoch war die?«

»Vier Komma acht Millionen. Ich habe daraufhin zu Belling gesagt, wir machen 'ne runde Summe daraus, und habe fünf Millionen geboten. In diesem Falle würde er sich für mich entscheiden, hat mir Belling zugesagt. Den Rest wissen Sie ja: dass er dann einen Rückzieher gemacht hat.«

»Hat Herr Belling das Papier wieder mitgenommen oder haben Sie es noch?«

»Er ließ es auf meinem Schreibtisch liegen.«

»Würden Sie uns das Dokument überlassen? Ich schicke einen Beamten vorbei, der es abholt.«

»Selbstverständlich!«

»Prima, besten Dank, auf Wiederhören!«

*

»Wir müssen unsere Kreise erweitern und über den Tellerrand schauen«, sagte Habich am nächsten Morgen im Büro. »Fassen wir doch mal zusammen. Alle Betriebsangehörigen und Geschäftspartner sind durchleuchtet worden. Bei niemandem gab es Hinweise oder Auffälligkeiten, die solche Taten zum Anlass hätten. Zufällige und willkürliche Morde können wir ausschließen, oder? Wer sind die Verdächtigen im näheren Umfeld? Wer hätte einen Grund? Wer hat einen Vorteil davon? Haben wir eine Person übersehen?«

»Wurden denn alle Morde von ein und demselben Täter durchgeführt?«, fragte Kommissarin Blume.

»Jasmin, wie kommen Sie darauf?«

»Wenn man Statistiken und den Ausführungen auf der Polizeischule glauben schenken kann, so sind Giftmorde zum überwiegenden Teil Frauensache. Dieses spezielle Spargelmesser dagegen eher nicht. Außerdem braucht man Kraft, um diese Waffe einem Menschen so tief in den Rücken zu rammen.«

»Hört, hört, gewagte Theorien von der Schulbank«, meinte Rautner grinsend. Er erntete dafür einen vorwurfsvollen Blick.

»Chris, mach mal langsam. Für so abwegig halte ich diese These gar nicht. Wir sollten sie in Erwägung ziehen.«

Ein Anruf aus dem Labor unterbrach die Diskussion. Rautner hob ab. Die Kollegen konnten bei der Angebotskopie, die Habich bei Rademann hatte holen lassen, den Firmennamen wieder sichtbar machen. Der Kommissar notierte den Namen auf einen Zettel und legte wieder auf.

»Das war einer unserer Techniker. Das Angebot für Bellings Unternehmen kam von einer Sacro-Invest GmbH aus Frankfurt am Main.«

»Jasmin, versuchen Sie bitte mal, etwas über die Firma herauszubekommen«, wies Habich seine Kollegin an. »Also, wir sind in unseren Überlegungen unterbrochen worden«, griff der Hauptkommissar das eigentliche Thema wieder auf. »Wer kommt im Moment als Täter in Frage?«

»Martin Belling! Der hat den größten Vorteil davon. Den Vater hat er gehasst und seine Geschwister wollten die Geschäfte weiterführen. Er ist der Einzige, der verkaufen wollte. Der Weg ist jetzt geebnet.«

»Nicht so schnell, du vergisst den Halbbruder, der jetzt ins Spiel kommt. Matthias Thanner ist durch die Anerkennung des alten Belling als Sohn erbberechtigt.«

»Stimmt! Den hatte ich jetzt vergessen. Na gut, selbst wenn Martin Belling teilen muss, ist es jetzt einfacher geworden. Er überlässt Thanner den Gemüseanbau und verkauft das Hotel. Zusammen mit dem Batzen Geld, der sonst noch da ist, ist das eine lukrative Sache. Zurzeit sehen die Finanzen des jungen Herrn Belling nämlich alles andere als rosig aus«, sagte Rautner mit einem Blick auf die entsprechenden Unterlagen.

»Okay, weiter.«

»Claudia Kramer?«, schüttelte Rautner den Kopf. »Nee, sie schließ ich aus. Sie hat mehr Nach- als Vorteile von der neuen Situation, zumal sie jetzt auch nichts bekommt. Das hätte zu Lebzeiten von Heinz Belling anders ausgesehen.«

»Was sie aber nicht wissen konnte«, gab Habich zu bedenken.

»Trotzdem, ihr ging es doch gut, so wie es vorher war. Sie hatte keinen Grund, etwas zu verändern.«

»Was ist mit Matthias Thanner?«

Chris wiegte den Kopf hin und her. »Da bin ich mir nicht ganz sicher. Ich werde aus dem jungen Mann nicht schlau. Irgendwie wirkt er auf mich schuldbewusst. Sein Motiv ist ähnlich dem von Martin Belling. Er hat lange im Abseits gestanden. Vielleicht wollte er mehr vom Kuchen abhaben.«

»Deine Theorie hat nur dann Bestand, wenn Thanner schon länger wusste, dass er durch das Dokument erbberechtigt ist«, gab Habich zu bedenken. »Hatte er aber keine Ahnung, so hat er genauso wenig einen Grund, die Morde zu begehen, wie Claudia Kramer.«

»Mensch,Theo, uns gehen die Verdächtigen aus.«

»Warum wohl? Weil wir die Falschen im Visier haben. Womöglich liegt es doch nicht nur wie angenommen an dieser Erbenregelung. Es könnte sein, dass alles mit diesen Verkaufsüberlegungen begann oder aber es hat mit beidem was zu tun«, spann Habich seine neue Theorie weiter.

»Dann müssten wir auch Rademann verdächtigen oder eben diese Investmentfirma.«

»Überleg mal!«, meinte Habich nachdenklich. »Der alte

Belling hat ernsthaft mit dem Gedanken gespielt zu verkaufen. Er nimmt sogar Kontakt mit Interessenten auf, hält sie hin und spielt sie womöglich preislich gegeneinander aus. Dann plötzlich macht er einen Rückzieher und verkauft nicht. Stattdessen will er vererben. Kurz darauf stirbt er. Nicole Belling und auch Franz Belling wollten ebenfalls nicht verkaufen und sind jetzt tot. Martin Belling will die Unternehmen veräußern und lebt noch.«

»Und wie passt Thanner da rein.«

»Soweit noch gar nicht, er ist erst nachträglich durch seine Erbansprüche ins Spiel gekommen. Übrigens, Jasmin, haben Sie schon etwas über die Firma Sacro-Invest gefunden?«

»Ja, habe ich. Sogar ganz interessante Sachen. Gegen die Firma wird wegen Steuerhinterziehung ermittelt und wegen Betruges. Das Unternehmen steht außerdem noch im Verdacht, mit dem organisierten Verbrechen zusammenzuarbeiten. Womöglich werden die Investitionen und Anschaffungen mit Drogengeldern finanziert. Unsere Kollegen in Frankfurt haben die Angelegenheit im Visier. Geschäftsführerin ist eine Sanja Suker, kroatischer Abstammung.«

»Mannomann, da kommt ja einiges zusammen. Um was geht es bei dem Betrug?«, fragte Habich, hellhörig geworden.

»In dem speziellen Fall um einen Geschäftsmann, der durch Frauen und Glücksspiel in finanzielle Schwierigkeiten geriet und daraufhin genötigt wurde, sein Geschäft an die Sacro-Invest zu verkaufen. Der Unternehmer hat es aber nicht auf sich beruhen lassen, sondern die Sache zur Anzeige gebracht. Darin verwickelt ist Valentin Suker, ein Cousin der Geschäftsführerin. Der hat einen Nachtklub in Frankfurt, das ›Sonce‹, wo angeblich illegales Glücksspiel im Hinterzimmer betrieben wird. Dort ist der Geschädigte laut seiner Aussage mehrmals mit hohen fünfstelligen Summen abgezockt worden. Zusätzlich hätten ihn die ›Damen‹ des Klubs noch kräftig ausgenommen. Nachdem er die Schulden nicht zurückzahlen konnte, hat man ihm nahegelegt, seinen Betrieb zu Geld zu machen. Es folgte das Angebot der Sacro-Invest.«

»Das hört sich ja nicht gerade seriös an«, unterbrach Rautner Jasmins Bericht.

»Es geht noch weiter. Für das Glücksspiel gibt es natürlich keinen Beweis und ansonsten habe es der Geschäftsmann nach Aussage von Suker richtig krachen lassen.«

»Hat denn das Hotel inzwischen den Besitzer gewechselt?«, hakte Rautner nach.

»Nein, der Hotelier liegt zurzeit im Krankenhaus. Angeblich ist er schwer gestürzt, mehr sagt er dazu nicht. Er hat Rippenbrüche, einen Beinbruch und Gesichtsverletzungen.«

»Oho, dass hört sich doch eher wie ein Denkzettel von seinen Gläubigern an, oder was meinst du, Theo?«, wandte sich der Kommissar an Habich.

»Denke ich auch. War's das?«, fragte der Hauptkommissar Jasmin.

»Die Frankfurter Kollegen vermuten, dass da noch andere Objekte auf diese oder ähnliche Weise den Besitzer gewechselt haben. Nur die ehemaligen Inhaber schweigen. Es geht immer um Immobilien oder Geschäfte, wo der Besitzer auch Eigentümer der Immobilie ist.«

»Verdammt lukrativ, wenn's funktioniert«, meinte Habich anerkennend. »Aber wie kommt Sacro-Invest hier in die Provinz?«

»Das ist nicht ihr erster Einstiegsversuch hier in der Gegend«, sagte Jasmin mit Blick auf ihren Bildschirm. »Sie besitzen schon ein Mietshaus in Würzburg.«

»Sie mal einer an, das ist ja interessant«, sagte Habich nach einer kurzen Denkpause.

»Dir geht doch ein Gedanke im Kopf herum«, mutmaßte Rautner.

»Später, später, du gehst jetzt mal zu den Kollegen, die Bellings Unterlagen sichten. Sie sollen zuerst nach diesem Angebot der Sacro-Invest GmbH suchen. Ich kann mir nicht vorstellen, dass Belling das Schreiben weggeworfen hat. Falls sie es schon gefunden haben, bringst du es mit«, wies der Hauptkommissar seinen Kollegen an. »Ich werde mal mit den Kollegen in Frankfurt telefonieren.«

Gut zwanzig Minuten später waren zwei Dinge klar. Erstens: Das gesuchte Schriftstück wurde nicht bei den Akten gefunden. Zweitens: Hauptkommissar Habich würde eine Dienstreise nach Frankfurt unternehmen.

»Was erwartest du dort zu finden?«, fragte Rautner.

»Das kann ich dir erst sagen, wenn ich es gefunden habe. Ich könnte mir vorstellen, dass ein Unternehmen wie die Sacro-Invest sich mit einer Absage nicht zufrieden gibt, wenn es ein gutes Geschäft wittert. Vielleicht wurde von dieser Seite aus nachgeholfen.«

»Wann willst du fahren?«

»Montag in aller Frühe. Jasmin wird mich begleiten.«

»Und ich?«, fragte Rautner erstaunt.

»Du darfst deine fehlenden Berichte und Spesenabrechnungen nachholen«, sagte Habich mit schalkhaftem Lächeln. »Nein, Quatsch! Ich brauch schließlich einen fähigen Beamten als Vertreter hier auf der Dienststelle.« Die Worte wirkten Wunder und Chris war plötzlich zufrieden, in Würzburg bleiben zu müssen.

Falsche Entscheidung

Der »Ruhetag« im Hotel war für Claudia Kramer nicht wirklich ein geruhsamer Tag. Es gab genug organisatorische und schriftliche Dinge zu erledigen, wie Dienstpläne schreiben, Bestellungen aufgeben oder sich um Zimmeranfragen und neue Werbemaßnahmen fürs Hotel zu kümmern. Den Rest des Tages über brachte sie ihre Wohnung auf Vordermann. Matthias Thanner hatte sowieso in dem Sinne keinen freien Tag. In der Spargelzeit war er immer präsent oder zumindest erreichbar.

Am Abend unternahm Claudia einen letzten Versuch, mit ihm zu reden. Sie hatte sich geschworen, hartnäckig zu bleiben und diesmal nicht zu akzeptieren, wenn ihr Freund sich ihr wieder verschloss. Es konnte für sie nicht so weitergehen, dass sie nebeneinanderher lebten, nicht mehr über ihre Probleme und Sorgen miteinander sprachen und daher auch das Vertrauen schwand. Eigentlich sprachen sie gar nicht mehr. Die wenigen Worte, die sie wechselten, waren nicht als Sprechen zu bezeichnen. Etliche Dinge lagen der jungen Frau auf der Seele, die sie nicht weiter aufschieben konnte und wollte.

»Matti, wir müssen reden«, sagte sie nach dem Abendessen in ruhigem Ton.

»Hmm ...« Nur ein kurzes Brummen kam als Antwort.

»Ist das alles, was du dazu zu sagen hast?«

Es kam wieder nur ein »Hmm« als Antwort.

»Bitte rede mit mir. Du bist in letzter Zeit so verschlossen und abweisend. Hat es was mit Stefanie zu tun? Hast du ein Verhältnis mit ihr?«

»Quatsch!«, wehrte Matthias eher halbherzig ab.

»Komm, ich merke doch, dass da irgendwas ist. Ich hab doch Augen im Kopf. Wie sie dich anstarrt!«

»Du spinnst doch.«

»So, ich spinne also. Dann erkläre mir, was dein Verhalten sonst zu bedeuten hat. Seit dem Tod unseres Chefs hast du dich noch mehr zurückgezogen, kriegst kaum den Mund auf und sonst läuft auch nicht viel«, meinte sie vorwurfsvoll.

»Da ist nichts, du siehst Gespenster. Ich bin halt im Moment nicht gut drauf. Können wir die Sache nun beenden?«, fragte Matthias genervt.

»Nein, das können wir nicht. Du drückst dich jedes Mal vor einer Aussprache. Matti, damit ist jetzt Schluss. Ich will wissen, woran ich mit dir bin.«

»Woran, woran, woran! Verflucht noch mal, es ist alles in Ordnung. Ich habe Stress und mir wird die Verantwortung zu viel«, brauste Matthias auf. »Bist du nun zufrieden?«

»Wo warst du letzte Nacht?«

»Wo soll ich gewesen sein? Hier natürlich, ich habe auf der Couch gepennt.«

»Hast du nicht.«

»Wieso? Wie kommst du dazu, etwas anderes zu behaupten?«

»Ich war auf, um nach dir zu sehen. So gegen Mitternacht. Und da warst du nicht da.«

»Da war ich kurz im Hof frische Luft schnappen, ich hatte Kopfschmerzen.«

»Matti, auch das stimmt nicht. Ich habe dich gesucht. Im Hof, im Garten und vor dem Hotel.«

»Spionierst du mir nach?«, fragte der junge Mann aufgebracht.

»Mensch, du Idiot, ich mach mir Sorgen, aber das scheint dich ja nicht zu interessieren. Wenn ich dir gleichgültig bin und dir nichts mehr bedeute, so sag es offen, nur halt mich nicht für blöd.« Claudia musste an sich halten, um die Tränen der Enttäuschung zu unterdrücken. »Matti, ich kann so nicht mehr weitermachen. An einer Beziehung dieser Art gehe ich kaputt. Das ist für mich keine Beziehung mehr. Du musst dich entscheiden. Entweder du schenkst mir reinen Wein ein oder es ist aus.«

Mit ihrer Beherrschung war es kurz darauf zu Ende. Diesmal verließ sie fluchtartig das Zimmer, damit Matthias nicht die Tränen in ihren Augen sah. Sie wollte keine Schwäche zeigen, konnte es aber nicht verhindern.

Matthias hatte einen gewaltigen Schreck bekommen, als Claudia ihm gestand, ihn in der Nacht gesucht zu haben. Nicht weil sie ihn hätte überraschen können, das war zweitrangig. Aber wie leicht hätte Claudia dem Mörder in die Arme laufen können. Was dann hätte passieren können, wollte Matthias sich gar nicht ausmalen. Er fühlte einen Druck auf der Brust, der minutenlang anhielt und nur langsam wieder schwächer wurde.

Er wusste, dass er Mist gebaut hatte. Aber damit und mit dem ganzen Drum und Dran wollte er Claudia partout nicht belasten. Matthias hatte sich selbst da hineinmanövriert und selbst wollte er auch wieder herauskommen. Trotz allem, was er getan hatte, liebte er Claudia noch wie am ersten Tag, konnte es ihr aber im Augenblick nicht zeigen. Er hätte sich dafür geschämt, ihr jetzt heile Welt vorzugaukeln. So abgebrüht war er einfach nicht. Dann lieber den Verschlossenen spielen, das war für ihn das kleinere Übel.

Matthias musste sich eingestehen, dass sein Vorhaben gestern Abend kläglich gescheitert war. Nein, nicht nur das, es war zu einem Desaster geworden. Der Mord hatte ihm die Chance geraubt, einen letzten Versuch zu machen, seine Dummheiten zu vertuschen. Die Polizei hatte sämtliche Akten mitgenommen und damit war die Gefahr groß, dass alles herauskam. Lange überlegte er, ob es noch eine Möglichkeit gab oder nicht. Dann war die Entscheidung getroffen.

Der junge Mann griff zum Handy und öffnete das Menü mit den Einstellungen. Dort suchte er, bis er »Rufnummer unterdrücken« fand, und bestätigte mit »Ja«. Anschließend suchte und fand er im Internet die gewünschte Telefonnummer. Mit klopfendem Herzen wählte er die Nummer. Der Teilnehmer meldete sich.

»Ich weiß, wo Sie letzte Nacht waren und was Sie gemacht haben. Ich war Zeuge«, sagte er mit verstellter Stimme.

Am anderen Ende der Verbindung herrschte einen Moment lang Ruhe. Nur der Atem des Mannes war zu hören.

»Sind Sie sicher, dass Sie hier richtig sind?«, fragte die Person kühl und gelassen.

Matthias schauderte. Wie konnte man angesichts solch einer Anschuldigung so ruhig bleiben? Das war jemand mit besseren Nerven als er. Aber egal, er hatte das gefährliche Spiel begonnen und wollte es nun durchziehen.

»Ziemlich sicher! Ich habe Sie eindeutig erkannt«, antwortete er.

»Und? Was wollen Sie jetzt von mir?«

»Ich möchte Geld für mein Schweigen.«

»Wie viel?«, fragte Matthias' Gesprächspartner mit eisigem Ton.

»Hunderttausend! Und das ist nicht verhandelbar.« Die Worte schossen Matthias ohne zu überlegen aus dem Mund. »Die Hälfte des Geldes in Fünfzigern und die andere Hälfte in Hundertern.«

»Wann und wo?«, fragte die Stimme am anderen Ende nach kurzem Stocken.

»Morgen! Treffpunkt und Uhrzeit gebe ich noch bekannt«, sagte Matthias schnell, nachdem ihm siedend heiß eingefallen war, dass er sich darüber noch gar keine Gedanken gemacht hatte.

»Bis morgen bekomme ich das Geld nicht zusammen.«

»Okay, dann übermorgen. Ich melde mich morgen um die gleiche Stunde, um Ort und Zeit durchzugeben.«

»Übermorgen ist Samstag, da haben die Banken geschlossen«, meinte die Stimme spöttisch.

»Also, dann haben Sie bis Montag das Geld zusammen. Sie hören am Sonntagabend von mir.«

»Ich würde mir das bis dahin noch mal gut überlegen, ob Sie das wirklich durchziehen wollen«, versuchte die Stimme ihn einzuschüchtern.

»Es bleibt dabei. Ende!«, war seine Antwort.

Wie ein heißes Eisen warf er das Handy auf die Couch und stierte es an. Er begann zu realisieren, was er gerade getan hatte. Eine Erpressung. Vor Erregung fing Matthias an zu schwitzen. Er ging ins Badezimmer, entledigte sich seiner Kleidung und stieg unter die Dusche. Unter dem Wasserstrahl begann er nachzudenken, wie es weitergehen sollte. Er brauchte einen perfekten Plan für die Übergabe.

*

Nach der heftigen Auseinandersetzung mit Matthias war Claudia die Treppe hinuntergerannt, über den Hof und durch den Hintereingang ins Hotel. Auf Grund des Ruhetages war das Restaurant leer, und im Hotel befanden sich derzeit keine Gäste. Erst zum Wochenende wurden neue erwartet. Die junge Frau spielte mit dem Gedanken, diese Nacht in einem der Hotelzimmer zu verbringen, war aber noch viel zu aufgewühlt, um Ruhe zu finden. Mit wässrigen Augen betrat sie das Restaurant und trat hinter den Tresen. Es war inzwischen dämmerig und so schaltete sie die Beleuchtung über der Theke an. Trank sie sonst nur gelegentlich Alkohol, so hatte sie jetzt das Gefühl, ein Glas Wein zur Beruhigung zu brauchen. Erneut flossen Tränen und sie musste sich schnäuzen. Nachdem sie sich eingeschenkt hatte, nahm sie einen kräftigen Schluck und wollte sich gerade setzen, als sie die Stimme hörte.

»Schnupfen oder was Schlimmeres?«

Claudia fuhr erschrocken herum. Beinahe hätte sie ihr Glas fallengelassen. Mitten im Raum stand Martin Belling. Ja, natürlich, den hatte sie ganz vergessen. Der Einzige der Bellings, der noch am Leben war. Er blickte sie freundlich an und sah ihre verweinten Augen. Sie kam nicht dazu, zu antworten.

»Oh weh, dann ist es was Schlimmeres. Na, kommen Sie«, sagte er sanft und forderte sie auf, ihm zu folgen. »Setzen wir uns ein bisschen hinaus, frische Luft tut gut.« Martin schaltete im Hinausgehen eine der Laternen auf der Freiterrasse an und bat Claudia, Platz zu nehmen. »Ist es wegen der Morde?«, fragte er leise.

»Nein.« Die junge Frau schüttelte heftig den Kopf und schniefte laut.

»Beziehungsstress mit Ihrem Freund?« Claudia senkte den Blick, gab aber keine Antwort. »Entschuldigen Sie meine Indiskretion.« Etwas unbeholfen spielte er mit seinem Glas. »Können Sie sich noch an den Tag erinnern, als Sie uns beim Frühstück die Nachricht vom Tod meines Vaters brachten?« Claudia schaute ihn erwartungsvoll an. »Sie sagten zu mir, es würde helfen, mit jemandem zu reden. Jetzt würde ich Ihnen gern helfen. Lassen *Sie* es zu?«

»Sie werden mir nicht helfen können«, schluchzte Claudia Kramer.

»Sehen Sie, wie schwer es ist, sich helfen zu lassen oder helfen zu können«, seufzte Martin.

Claudia nippte an ihrem Glas. Ausgiebig betrachtete der junge Belling die schlanke Frau mit dem dunklen Pagenschnitt. Sie sah hinreißend aus, wirkte gerade eben ein wenig aufgelöst, aber Martin spürte die Stärke, die sie trotz allem ausstrahlte. Mit einem Mal fühlte er sich zu ihr hingezogen und hätte sie gern in den Arm genommen. Nach seiner letzten Enttäuschung kam bei ihm plötzlich wieder Sehnsucht nach einer neuen Beziehung auf.

»Mein Freund ... ich habe Differenzen mit meinem Freund«, sagte sie zaghaft.

»Mit Matthias Thanner?«, fragte er und sie nickte.

»Ich habe den Verdacht, dass er mich mit meiner besten Freundin betrügt. Außerdem scheint er Probleme zu haben und will darüber nicht mit mir reden. Er gibt sich verschlossen und abweisend.«

»Hat der Kerl so eine hübsche Freundin und betrügt sie. Ich habe einen Idioten zum Halbbruder«, fauchte Martin kopfschüttelnd und empört.

»Wieso Halbbruder?«

»Ach, das wissen Sie noch gar nicht?« Er erzählte ihr, was er vom Hauptkommissar wusste, der es wiederum vom Notar erfahren hatte. Er sprach über die geplante Verteilung des Erbes seines Vaters und von der Vaterschaftsanerkennung von Matthias Thanner. Er schloss seinen Bericht mit den Worten: »Wenn diese Katastrophe nicht über uns hereingebrochen wäre, könnten Sie sich jetzt als stolze Besitzerin eines Hotels fühlen.«

Claudia hatte fassungslos zugehört. Matti ein halber Belling, der den Spargel- und Gemüseanbau hätte bekommen sollen und sie das Hotel. Der Hauptkommissar hatte ihr zwar im Vorbeigehen Andeutungen gemacht, dass sie etwas hätte erben sollen, aber nicht was oder wie viel. Sie war dabei eher von einer kleineren Summe ähnlich einer Abfindung oder einem Bonus ausgegangen. Wahnsinn!, war der einzige Gedanke, der ihr durch den Kopf ging. Sie begann zu frieren. Die Maisonne war schon herrlich, die Nächte dagegen waren noch sehr frisch. Martin bemerkte, dass sie fror, stand auf und legte ihr seine Jacke über die Schultern. Sie wollte protestieren. Er wehrte ab und erklärte, ihm reiche der Pullover völlig.

»Jetzt sind Sie aber dran. Sie haben doch auch ein Problem, zumindest hatten Sie eines mit Ihrem Vater.«

Martin winkte ab. »Das ist jetzt keine Ausrede, aber diese Sache würde den Rahmen sprengen. Vielleicht erzähle ich Ihnen ein anderes Mal davon. Na ja, und dann gibt es da noch eine aktuelle Sache. Ich habe in Frankfurt ein bisschen viel Mist gebaut die letzte Zeit. Das muss ich noch ins Reine bringen. Details möchte ich gern außen vor lassen.«

Fast bis Mitternacht hielten die beiden bei den kühlen Temperaturen aus. Martin konnte ein guter und charmanter

Unterhalter sein. Beim dritten und letzten Schoppen konnte sich Claudia schon wieder ein leichtes Lächeln abringen. Ihren Vorsatz, in einem der Hotelbetten zu nächtigen, behielt sie bei.

Als Claudia aufstand, um ins Haus zu gehen, spürte sie die Wirkung des Weines. Mit unsicheren Schritten ging sie zum Tresen und räumte die beiden leeren Gläser auf. Sie wollte den Platz hinter der Theke verlassen, aber Martin stellte sich dicht vor sie. Bevor Claudia reagieren konnte, nahm er ihre beiden Hände in seine.

»Mein Gott, Sie sind ja eiskalt.« Er suchte nach den richtigen Worten. »Übrigens, wollen wir uns nicht beim Vornamen nennen? Ich bin Martin.«

»Claudia.«

»Okay, Claudia, versprechen Sie mir bitte etwas. Egal wie die Sache mit Ihrem Freund ausgeht, tun Sie nichts Unüberlegtes. Bevor Sie eine endgültige Entscheidung treffen, sprechen Sie bitte vorher mit mir. Ich brauche Sie ... hier.« Das letzte Wort kam mit Verzögerung. »Versprochen?«, fragte er und blickte ihr fest ins Gesicht.

»Versprochen!«

Licht am Horizont

Dass das Mitfahren nach Frankfurt bedeutete, schon früh um 5.30 Uhr aufzustehen, hatte Habich seiner Kollegin erst am Samstag per SMS mitgeteilt, genauso wie die Tatsache, sich auf eine mögliche Übernachtung einzustellen. Er wollte zu Dienstbeginn im Präsidium sein, um den Tag nutzen zu können, erklärte Habich ihr. Außerdem wollte er die morgendliche Rushhour vermeiden, was nicht ganz klappte. Hinter Aschaffenburg fing der Ärger an. Baustellen, Verkehrsunfall mit Blechschaden, ein Pannenfahrzeug, Schneckentempo, immer dichter werdender Verkehr bis zum Offenbacher Kreuz, und das alles live und in Farbe. Theo war von dem Verkehrskollaps total genervt. Stadteinwärts sehe es auch nicht viel besser aus, meldete der Hessische Rundfunk in seinen Verkehrsnachrichten. Einfach nur grauenhaft, diese Großstadt, hing Habich seinen Gedanken nach, während er den Wagen im Stop-and-go-Tempo vorwärtsbewegte. Dagegen wirkte die Rushhour in Würzburg regelrecht harmlos und entspannend, dachte er hinter dem Lenkrad. Wie hatte er das früher nur ausgehalten, als er hier lebte. Aber das war Jahrzehnte her und ihm vermutlich damals nicht so schlimm vorgekommen. Womöglich war es zu der Zeit auch noch nicht ganz so schlimm. Zudem steckt man in der Jugend solche Sachen besser weg oder achtet gar nicht drauf, weil andere Dinge wichtiger sind, sinnierte Theodor Habich weiter. Seit er in dem beschaulichen Unterfranken war, wo die Uhren – zumindest gefühlt – etwas anders gingen, konnte er mit einer

Großstadt und deren Gewühl nichts mehr anfangen. Irgendwie war aus seiner hessischen eine unterfränkische Seele geworden, und das war so in Ordnung, stellte er zufrieden fest. Auf einmal sehnte er sich zurück in »sein« Würzburg und zu »seinem« Frankenwein. Am liebsten hätte er umgedreht und wäre sofort wieder zurückgefahren. Das Navi hatte angesichts der Verkehrssituation auch versagt und ihm keine Ausweichroute geboten. Es führte ihn im Schneckentempo weiter über das Frankfurter Kreuz auf die A5 und von dort aus über die A66 stadteinwärts. Der Hauptkommissar atmete hörbar auf, als er endlich sein Ziel in der Adickesallee erreichte. Die Parkplatzsuche war jetzt noch das kleinere Übel.

»Ahh, die Kollegen aus Würzburg«, begrüßte sie der verantwortliche Kriminalbeamte, Hauptkommissar Rauscher, im Büro. Drei weitere Beamte trafen wenig später ein. »Das ist mein Team«, stellte er die Frau und die beiden Männer vor. »Wir haben den Fall bearbeitet beziehungsweise wir tun es noch immer. Nun erzählen Sie mal, was Sie vermuten lässt, dass die Sacro-Invest auch bei Ihnen im schönen Unterfranken ihr Unwesen treibt!«

Habich schilderte den Fall Belling ausführlich bis hin zu der Angebotskopie mit dem Firmenkopf ebendieser Investmentfirma.

»Ein Angebot zu machen ist noch kein Verbrechen, die Firma macht durchaus auch völlig legale Geschäfte. Gut! Wir vermuten, dass die Gelder, die dazu benutzt werden, nicht sauber sind, aber das lässt sich schwer nachweisen.«

»Darum sind wir auch nicht da, das interessiert uns nicht.«

»Was suchen Sie oder glauben Sie dann hier zu finden?«

»Den Grund, warum bisher drei Menschen sterben mussten.«

»Okay, dann nehmen Sie sich die Unterlagen vor. Sie stehen Ihnen zur Verfügung«, sagte der Frankfurter Kollege und deutete auf einen Schreibtisch mit mehreren Mappen. »Wir kommen einfach nicht dicht genug an die verantwortlichen Leute ran. Es wurden Geschädigte und Zeugen befragt, aber Fehlanzeige. Alle schweigen oder können sich nicht genau erinnern. Wochenlang wurde observiert. Hauptsächlich diese Sanja Suker, ihr Cousin Valentin und dessen Klub, das »Sonce«. Eine Razzia hat nichts ergeben. Entweder wurden sie gewarnt oder sie sind seit der missglückten Aktion mit dem Geschäftsmann, der im Krankenhaus liegt, noch vorsichtiger geworden. Angeblich findet das Glücksspiel neuerdings irgendwo in ›privaten‹ Räumen statt, immer an unterschiedlichen Orten und mit handverlesenen Teilnehmern. Das ist aber nur ein nicht bestätigtes Gerücht von einem unserer Informanten. Auf jeden Fall können wir eine Verbindung herstellen zwischen der Investmentfirma und Valentin Suker. Einige der Vorbesitzer von Objekten, die jetzt Sacro-Invest gehören, sind ehemalige Stammgäste des Klubs. Das läuft immer nach der gleichen Masche ab. Hübsche Frauen, Alkohol und zuletzt das Spiel.«

Während Hauptkommissar Rauscher erzählte, hatte sich Habich eine der Mappen genommen und blätterte darin herum. Ihm fielen eine Menge Bilder in die Hände. Auf den meisten war eine bildhübsche Frau mit pechschwarzer Lockenpracht und atemberaubender Figur zu sehen. Die Aufnahmen zeigten sie vor einer Villa, in einem Restaurant, beim Einsteigen in einen Sportwagen und immer in wechselnder Männerbegleitung. Habich hob eines der Bilder in die Höhe.

»Das ist die Geschäftsführerin von Sacro-Invest«, sagte sein Kollege. »Sanja Suker, fünfunddreißig Jahre alt, kroatischer Abstammung, bildschön und eiskalt. Diese Bilder gehören zu den ersten Aufnahmen, die wir letztes Jahr im Sommer gemacht haben. Wir vermuten, dass sie mithilft, den Opfern den Kopf zu verdrehen und sie zum Spielen und Geldausgeben zu animieren, konnten aber bisher nichts beweisen.«

»Kann ich mir gut vorstellen, dass die Kerle da schwach werden«, nickte Habich und betrachtete ausgiebig die junge Frau.

»Wir haben unsere Ermittlungen gegen Sanja Suker auf Eis gelegt, jetzt ist die Steuerfahndung erst mal dran.«

Jasmin fing derweil an, in den Berichten und Zeugenvernehmungen zu lesen. Die beiden Hauptkommissare waren noch ins Gespräch vertieft, als sie von Jasmin mit einem lauten Ausruf der Überraschung unterbrochen wurden. Sie hatte in ihren Unterlagen ebenfalls Bilder gefunden, die von den Kollegen bei den Observierungen gemacht worden waren.

»Chef, Sie werden es nicht glauben, aber ich hab hier etwas überaus Interessantes entdeckt. Das sollten Sie sich anschauen.«

Beide Männer gingen zu ihr hin und schauten ihr über die Schulter. Sie hielt mehrere Fotos in der Hand. Auf allen Bildern war das gleiche Paar zu sehen. Zuerst, wie es aus einem schwarzen Bentley stieg, Arm in Arm über die Straße ging und dann einen Klub betrat. Über dem Eingang prangte der Namen »Sonce«. Das war aber keineswegs die Überraschung, die Jasmin meinte. Sie deutete auf die zwei Personen auf den Bildern.

»Na ja, das ist halt diese Sanja Su...«, sagte Habich enttäuscht, stockte aber in seinem Satz. »Da schau mal her, der junge Belling! Was macht Martin Belling denn da?«

»Nicht wahr, dachte ich's mir doch, dass Sie das interessiert.«

»Das ist doch mal eine Spur oder zumindest ein Ansatz«, überlegte Habich. »Vielleicht arbeitet Belling mit dieser Suker zusammen. Er ist schließlich der Einzige in der Familie, der verkaufen will.«

»Sie glauben wirklich, er versucht deswegen seine Familie auszulöschen?«

»Wir können es nicht ausschließen. Es wäre eine Möglichkeit. Andere haben schon für weniger gemordet«, überlegte Habich und sah seiner jungen Kollegin zu, wie sie weitere Fotos betrachtete. Plötzlich wirkte er wie elektrisiert. »Stop!«, rief er, sodass Jasmin erschrocken zusammenzuckte. »Zeigen Sie mir mal das Bild, das Sie gerade in der Hand haben.«

Die junge Kollegin hatte sich bei seinem lauten Ausruf verwundert umgedreht. Wortlos reichte sie ihm die Aufnahme. Diese markanten Gesichtszüge, die Brille und das südländische Aussehen waren ihm bekannt.

»Ach, guck mal, da haben wir ja noch einen Bekannten. Dr. Milan Walther! Er bewegt sich also auch in dem illustren Kreis.«

»Hier habe ich noch mehr Fotos mit dem Notar drauf«, sagte Jasmin und gab ihm weitere Bilder in die Hand. Zwar war sie ihm noch nie begegnet, aber der Name war ihr natürlich ein Begriff.

»Sie kennen den Notar?«, fragte Kollege Rauscher.

»Aber sicher, er hat eine Kanzlei in Kitzingen und sollte sich um die Erbschaftsregelung der Bellings kümmern. Wie, wenn auch er seine Finger im Spiel hätte?«, dachte der Würzburger Kriminalist laut nach.

»Die hat er sicherlich. Er ist der Rechtsbeistand der Sukers und mit ihnen verwandt.« Die fragenden Blicke der unterfränkischen Kollegen nötigten ihn umgehend zu weiteren Erklärungen. Dabei nahm er sich eine der Mappen und blätterte darin. »Milan Walther ist der Bruder von Sanja Suker und folglich Valentins Cousin.« Rauscher hatte das gesuchte Schriftstück gefunden und hielt es Habich vor die Nase. »Bevor Sie fragen, warum er Walther heißt, hier die Auflösung: Seine Mutter hat einen Deutschen geheiratet, als die Geschwister noch Kinder waren. Er hat später den deutschen Namen angenommen, seine Schwester den kroatischen Nachnamen behalten. Sein Stiefvater hat hier in Frankfurt eine Rechtsanwalts- und Notarkanzlei, in die ist der Stiefsohn mit eingestiegen. Dass er nach Unterfranken gewechselt ist, wusste ich nicht. Wir haben ihn eigentlich nicht auf unserem Radar. Er hat sich bisher nichts zu Schulden kommen lassen. Dr. Walther vertritt Sanja und Valentin in rechtlichen Dingen und beurkundet die Geschäfte der Sacro-Invest GmbH. Da scheint alles sauber zu sein, mehr gibt es von unserer Seite her nicht über ihn zu berichten.«

Habich legte die Stirn in Falten. Ein sicheres Zeichen, dass es hinter seiner Hirnrinde mächtig arbeitete. Die neuen Informationen mussten eingeordnet werden. Er nahm sein Telefon und wählte. Am anderen Ende wurde abgehoben.

»Chris, ich bin's. Gib mir mal die Nummer der Kanzlei von Dr. Walther. Dann habe ich noch eine Aufgabe für dich. Versuch diskret rauszukriegen, wo sich der Notar zu den Tatzeiten aufgehalten hat«, gab er Anweisung, während er die Nummer auf einem Zettel notierte.

»Haben Sie etwa den Notar in Verdacht?«, fragte sein Frankfurter Kollege ungläubig, nachdem Habich das Gespräch beendet hatte.

»Das nicht unbedingt, aber ein Gefühl sagt mir, dass er irgendwas damit zu tun hat.« Zwischenzeitlich wählte Habich die Nummer, die ihm Rautner durchgegeben hatte. Eine Frau meldete sich. Der Hauptkommissar erkannte die Stimme der blonden Mitarbeiterin, die ihn bei seinem Besuch in Empfang genommen hatte. »Hallo, hier ist Hauptkommissar Habich, ich hätte da noch ein paar kurze Fragen.«

»Das ist jetzt schlecht, Dr. Walther ist gerade in einem Termin«, antwortete die Blondine.

»Kein Problem, vielleicht können Sie mir helfen. Wie lange sind Sie schon in der Kanzlei beschäftigt?«

»Ich bin schon über zehn Jahre hier.«

»Und wie lange hat Dr. Walther die Kanzlei?«

»Das werden jetzt im Juli drei Jahre«, kam es wie aus der Pistole geschossen. »Mein jetziger Chef hat die Kanzlei von Dr. Philipp übernommen, der in Ruhestand gegangen ist.«

»Hat er auch dessen Kundenstamm übernommen?«, erkundigte sich Habich.

»Ja, aber alle alten Mandanten wurden angeschrieben und auf den Wechsel hingewiesen. Die meisten Mandanten sind geblieben, nur einige wenige haben uns verlassen und sind zu anderen Anwälten gewechselt.«

»Und was ist mit dem alten Belling, war der auch schon vorher Kunde?«

»Der war schon ewig Mandant bei Dr. Philipp. Die beiden haben sich auch privat gut gekannt. Mein ehemaliger Chef war viel zum Essen dort, hat Spargel und Gemüse von den Bellings bezogen und seine Besucher fast ausschließlich bei Belling im Hotel untergebracht. Das war oft der Fall wegen des benachbarten Golfklubs, in dessen Vorstandschaft Dr. Philipp war. Bei Turnieren oder wenn Gastspieler von auswärts kamen, wurde die Unterbringung von Dr. Philipp organisiert. Ich habe meistens die Reservierungen gemacht. Daher weiß ich Bescheid«, erzählte die Blondine bereitwillig.

»Prima! Das war's schon, Sie haben mir sehr geholfen«, bedankte sich Habich und legte auf. Während des Gesprächs hatte er sein Handy auf Lautsprecher gestellt, sodass alle Anwesenden hatten mithören können.

»Ich verstehe jetzt nicht ganz, was Ihnen die Information gebracht hat«, sagte Hauptkommissar Rauscher.

»Nun, wir wissen jetzt, seit wann der Notar in Kitzingen ist. Er war also schon da, als Belling es zum ersten Mal in Erwägung zog zu verkaufen. Womöglich hat der alte Belling mit Dr. Walther darüber gesprochen und der hat ihn an die Sacro-Invest weiterempfohlen. Außerdem konnte der Notar sich durch die alten Unterlagen über die Immobilien und Liegenschaften jederzeit einen Überblick verschaffen und so den Wert bestimmen.«

»Was Sie aber auch nicht unbedingt weiterbringt.«

»Seien Sie mal nicht so pessimistisch, Herr Kollege. Es ist mehr als das, was wir vor dem Besuch hier bei Ihnen hatten. Und mit den Fotos von Martin Belling haben wir einen weiteren Anhaltspunkt, den wir näher beleuchten müssen. Können wir die Alibis hinsichtlich der Tatzeiten von Sanja Suker und ihrem Cousin irgendwie überprüfen?«

»Klar, indem Sie sie selbst nach ihren Alibis fragen«, sagte Rauscher mit leicht spöttischem Unterton. »Wie ich vorhin schon sagte, die Kollegen der Steuerfahndung haben bei Frau Suker übernommen. Valentin Suker können wir auch nicht mehr rund um die Uhr überwachen. Personaleinsparungen, Budgetkürzungen, Sie verstehen? Außerdem müssen wir uns auf andere aktuelle Fälle konzentrieren.«

»Na dann ...«

»Sie glauben doch nicht, dass Sie damit was erreichen? Die würden sich persönlich doch nie die Hände schmutzig machen«, lachte Hauptkommissar Rauscher. »Dafür gibt es Handlanger. Valentin Suker ist gut organisiert, hat Personal und sicherlich exzellente Verbindungen. Was wollen Sie bezwecken?«

»Och, vielleicht nur ein bisschen Staub aufwirbeln, die Pferde scheu machen, Unruhe stiften, eine Reaktion provozieren.«

»Hat Ihr Chef immer so glorreiche Ideen?«, erkundigte sich Rauscher, an Jasmin gewandt.

»Warten Sie ab, wenn er zur Höchstform aufläuft, dann wird es noch besser«, sagte sie lässig und zwinkerte ihm zu.

»Haha, hab schon verstanden, guter Witz.«

Habichs Blick war gar nicht witzig. »Was ist jetzt? Haben wir die Möglichkeit, die Herrschaften nach ihren Alibis zu fragen?«

»Sie meinen das echt ernst«, wunderte sich Hauptkommissar Rauscher. Dann zuckte er mit den Schultern und nickte. »Wir können sie hier ins Präsidium vorladen oder sie aufsuchen.« Er überlegte. »Valentin werden wir sehr wahrscheinlich am Abend in seinem Klub finden. Sanja hat kein Büro, ihr Firmensitz ist auf die Adresse einer Villa in Bad Soden angemeldet. Wenn, dann können wir es dort versuchen.«

»Also, dann machen wir zuerst einen Ausflug nach Bad Soden und gehen heute Abend in den Klub«, entschied Habich. »Haben Sie Abendgarderobe dabei?«, fragte er seine Kollegin.

Die schaute ihn entgeistert an. »Was verstehen Sie unter Abendgarderobe?«

»Na, so einen schicken Fummel, den man eben trägt, wenn man in einen angesagten Klub geht«, grinste Theo sie an.

»Das hätten Sie mir sagen müssen, dass wir uns hier in Frankfurt ins Nachtleben stürzen wollen, mein ›kleines Schwarzes‹ hängt zuhause im Schrank«, antwortete sie schlagfertig.

»Es gehört zur Standardausrüstung eines weiblichen Kripobeamten, so etwas immer griffbereit zu haben«, flachste Hauptkommissar Habich weiter.

»Hat uns auf der Polizeischule niemand beigebracht. Werde es mir für das nächste Mal merken. Haben Sie denn einen entsprechenden Dress dabei?«

»Liegt immer einsatzbereit im Kofferraum.«

»Gut für Sie, schlecht für mich. Dann müssen Sie heute Abend ohne mich gehen oder Sie verzichten auf die noble Kleiderordnung«, schmunzelte Jasmin und zuckte mit den Schultern.

»Okay! Wir werden sehen«, meinte Theodor Habich und wandte sich gleich darauf an seinen Frankfurter Kollegen. »Meinen Sie, wir bekommen eine richterliche Genehmigung für die Handyüberwachung der Sukers und die Überprüfung von deren Verbindungsnachweisen?«

»Wozu?«, fragte Rauscher und schickte gleich eine Erklärung hinterher. »Na, ich brauch eine Begründung für den Richter. So ohne Weiteres bekommen wir das sonst nicht.«

»Es besteht für mich der begründete Verdacht, dass die beiden direkt oder indirekt irgendetwas mit meinem Fall in Albertshofen zu tun haben ...«

»Ist das nicht ein bisschen arg weit hergeholt?«, unterbrach ihn Kollege Rauscher.

»Nein, ganz und gar nicht. Die Morde stehen mit der geplanten Änderung der Besitzverhältnisse in Verbindung und mit der vorangegangenen Absicht des alten Belling, alles zu verkaufen. Mit einer rückwirkenden Standortfeststellung der Handys können wir überprüfen, ob sich einer der beiden tatsächlich im Tatzeitraum dort aufgehalten hat. Vielleicht geben ja die Verbindungsnachweise Aufschluss über ungewöhnliche Aktivitäten. Eine Überwachung wäre für die nächsten drei bis vier Tage sinnvoll. Möglicherweise bewirkt unser Besuch etwas. Dann kommen sicherlich irgendwelche telefonischen Reaktionen.«

»Hmm ...«, brummte Rauscher, überlegte kurz und griff zum Telefonhörer. »Mal sehen, was ich erreichen kann.«

Er bekam den zuständigen Richter an den Apparat. Während er ihm den Sachverhalt schilderte, spielte er nervös mit dem Kugelschreiber, drehte ihn in der Hand und malte undefinierbare Zeichen auf seine Schreibtischunterlage. Als er wenig später auflegte, nickte er anerkennend.

»Ich hätte es nicht für möglich gehalten, aber Richter Bachmann hat zugestimmt.« Rauscher lachte. »Wie ich ihm sagte, Kollegen aus Unterfranken seien da, meinte er scherzhaft, beim nächsten Mal sollten Sie einen guten Tropfen Spätlese mitbringen.«

Habich lachte. »Der Richter ist kooperativ und hat zudem auch Weinverstand, wie mir scheint. Eine gute Mischung. Ich werde es nicht vergessen, falls mich mein Weg noch mal hierherführt. Können Sie die Überwachung gleich veranlassen?«

»Wird sofort erledigt. Ab dem Moment, wo wir draußen bei der Suker sind, läuft die Aktion.«

Hauptkommissar Rauscher hatte das Steuer übernommen und kutschierte seine beiden Besucher in Richtung Westen, raus aus der Stadt. Über die Miquelallee und die A 66, vorbei am Main-Taunus-Zentrum, brauchten sie eine knappe halbe Stunde bis nach Bad Soden am Taunus. Die Adresse, die Hauptkommissar Rauscher ansteuerte, lag in einer exklusiven Wohngegend. Dort standen nur Bauten, denen man schon von außen das Preissegment der Unerschwinglichkeit für »Normalsterbliche« ansah. Er hielt vor einer zweistöckigen weißen Villa in leichter Hanglage und mit top gepflegter Grünanlage. Seitlich vom Haus stand in der Auffahrt zur Doppelgarage ein weißes Porsche-Cabrio.

»Die Lady scheint zuhause zu sein. Das ist ihr Wagen«, sagte Rauscher und deutete auf den Sportwagen.

Er drückte die Glocke an der Gartenpforte. Aus der Gegensprechanlage ertönte ein »Ja, bitte?«. Hauptkommissar Rauscher gab sich mit Namen und Dienstgrad zu erkennen. Es dauerte einen Moment, bis der Türöffner summte und die drei Beamten eintreten konnten. Habich blickte sich um. Er schätzte die gesamte Fläche mit dem Baumbestand im hinteren Teil auf gut und gerne eintausend Quadratmeter. Bei dem Haus fielen der überdachte Vorbau des Eingangsbereiches, die riesigen, bis zum Boden reichenden Fenster und der seitlich angebaute halbrunde Erker mit Freiterrasse darauf ins Auge. Auf ihr Klingeln an der Haustür öffnete eine elegante Frau in einem roten figurbetonten Hosenanzug und weißer Bluse. Die langen pechschwarzen Locken fielen ihr bis weit auf die Schultern. Sanja Suker sah in natura noch umwerfender aus als auf den Fotos, gestand sich der Würzburger Hauptkommissar ein.

»Die Polizei! Bitte treten Sie näher.« Sie versuchte ihrer Stimme einen freundlichen Klang zu verleihen, was aber nicht so ganz klappte.

Von der Diele aus führte sie die drei Besucher in einen geräumigen, lichtdurchfluteten Wohnzimmerbereich. Sie hat den gleichen Geschmack wie ihr Bruder, war Theodor Habichs erster Eindruck. Bis auf die hochwertigen Parkettböden war der überwiegende Teil der Inneneinrichtung in Schwarz und Weiß gehalten, weshalb Habich sofort an die Kanzleiausstattung von Dr. Walther denken musste.

»Verzeihen Sie, wenn ich Ihnen keinen Platz anbiete, aber ich habe wenig Zeit. Termine! Sie verstehen? Wie kann ich Ihnen helfen?« Es war eindeutig Hochmut, der in ihren Worten und ihrer Gestik erkennbar war.

»Ich fürchte, dass Sie sich trotzdem ein paar Minuten nehmen werden müssen. Wir haben einige Fragen an Sie«, kam Habich ohne Umschweife zur Sache. »Waren Sie in den letzten vierzehn Tagen in Unterfranken bei Ihrem Bruder?«

»Warum? Nein, natürlich nicht!«

»Erinnern Sie sich an ein Angebot, das Ihre Firma dort unterbreitet hat?«

Die hübsche Kroatin runzelte die Stirn. »Wir haben dort in der Region schon mehrere Angebote gemacht und meine Firma besitzt in Würzburg ein Mietshaus.«

»Das wissen wir. Ich meine aber ein spezielles Angebot. Es könnte sein, dass die Anfänge schon fast zwei Jahre zurückliegen. Ich meine die beiden Unternehmen der Familie Belling in Albertshofen. Ein Hotel und einen Gemüseanbaubetrieb. Heinz Belling war Mandant der Kanzlei, die Ihr Bruder übernommen hat. Sagt Ihnen der Name was?«

»Belling ... Belling ... Albertshofen ... tut mir leid. Ich kann mich an diesen Namen nicht erinnern.«

»Wir haben es aber schwarz auf weiß, dass Sie ein Kaufangebot gemacht haben.«

»Das will ich nicht abstreiten, aber trotzdem kann ich Ihnen nicht weiterhelfen. Wenn es schon zwei Jahre her ist, warum kommen Sie jetzt damit?«

»Weil es mit drei Morden zusammenhängen könnte. Der Besitzer und zwei seiner Kinder sind getötet worden.«

»Und Sie glauben, ich ... ich hätte etwas damit zu tun?« In dem Paar schwarze Augen, mit dem sie Habich fixierte, lag Verachtung und Geringschätzigkeit. »Wollen Sie mir irgendwas anhängen? Herr Kommissar, ich denke, wir beenden das Gespräch hier. Alles weitere nur über meinen Anwalt.«

»Ich nehme Ihnen nicht ab, dass Sie den Namen Belling nicht kennen. Einer der Söhne, Martin Belling, wurde mit Ihnen gesehen«, ließ Habich nicht locker. Er hielt ihr ein Bild unter die Nase. »Hier war er einer Ihrer Begleiter, als Sie den Nachtklub Ihres Cousins aufsuchten.«

Sie blickte auf das Foto und lächelte herablassend. »Ich habe viele Verehrer und Begleiter. Es ist unmöglich, sich alle Namen zu merken. Guten Tag!« Mit einer eindeutigen Geste forderte sie die drei Polizeibeamten auf zu gehen.

»Denken Sie nur nicht, der Fall wäre damit für mich abgeschlossen. Ich kann verdammt hartnäckig sein, wenn ich merke, dass ich verarscht oder belogen werde.«

Habich hatte sie intensiv fixiert, als sie das Bild ansah. Das kurze Flackern ihrer Augen war ihm nicht entgangen. Für ihn ein Zeichen, dass sie den jungen Mann auf der Abbildung erkannt hatte. Die Tatsache, dass sie leugnete ihn zu kennen, bestärkte ihn in dem Verdacht, dass sie nicht ganz so unschuldig und unwissend war, wie sie vorgab.

»Ich werde mir nicht länger anhören, wie Sie mich in meinem Haus als Lügnerin bezeichnen«, meinte sie energisch.

»Oh, da haben Sie was missverstanden. Mit meinem Ausspruch wollte ich nur allgemein klarmachen, dass ich noch hartnäckiger werde, wenn man mich aufs Glatteis führen will.«

»Mir ist egal, was Sie werden. Ich möchte Sie bitten, jetzt zu gehen.« Ihr Tonfall wurde erregter.

»Sollte Ihnen zu dem Thema doch noch ganz zufällig etwas einfallen, so können Sie mich anrufen«, sagte Hauptkommissar Rauscher beim Abschied vor der Tür und überreichte ihr seine Visitenkarte.

Wortlos nahm Sanja Suker die Karte, drehte sich um und verschwand im Haus. Was die drei Besucher nicht mehr sehen konnten, war, dass die Frau die Visitenkarte zerriss und wutentbrannt in den Abfalleimer warf.

»Jasmin, was halten Sie von der Dame?«, fragte Habich im Auto.

»Da drin war es eben frostiger als im Eisschrank. Die Frau ist kalt, arrogant und undurchsichtig«, kam ihre prompte Einschätzung. »Ich würde ihr einen Mord zutrauen, aber wie Kollege Rauscher schon im Präsidium sagte, sie würde sicherlich nie selbst Hand anlegen.«

Theo brummte nur. Ob zur Bestätigung oder aus anderen Gründen, war nicht ersichtlich.

»Was ist, wollen Sie jetzt auch noch in den Klub?«, fragte Hauptkommissar Rauscher.

»Na logisch«, antwortete Habich. »Haben Sie bemerkt, wie die Lady hinter ihrer eisigen Fassade langsam auf Temperatur kam? Ich hätte gerne noch ein bisschen weitergemacht, denn wer nervös und aufgebracht ist, macht leichter Fehler«, grinste er und hoffte inständig, die Suker würde einen machen. »Vielleicht klappt das bei ihrem Cousin ja besser.«

Jasmin durfte mitkommen, Habich ließ seinen Anzug im Kofferraum und Hauptkommissar Rauscher begleitete die beiden. Sie gingen am Abend Chinesisch essen und fuhren anschließend ins »Sonce« in die Berliner Straße. Der Türsteher begutachtete kritisch das Outfit der drei und verwehrte ihnen den Eintritt. Ihre Dienstausweise änderten die Situation schlagartig. Mürrisch dreinblickend machte der Aufpasser den Weg frei und drückte gleichzeitig einen versteckt angebrachten Knopf am Eingang. Rauscher hatte es bemerkt und wusste Bescheid. Sie wurden angekündigt. Irgendwo weiter hinten gingen jetzt sicherlich an verschiedenen Stellen kleine rote Lämpchen an, die signalisierten, dass etwas »im Busch« war.

»Wir hätten uns schon selbst angemeldet«, grinste Rauscher die menschliche Bulldogge an. »Ist Ihr Chef denn überhaupt da?« Der Mann nickte brummend und zeigte mit dem Kopf nach hinten. »Danke, wir finden den Weg alleine.« Rauscher klopfte dem Türsteher gönnerhaft auf die Schulter.

Durch einen Vorraum mit Garderobe auf der einen und der Raucherlounge auf der anderen Seite betrat man den eigentlichen Klub. Laute Musik schlug ihnen entgegen. Irgendein modernes Zeug, dass Habich und Rauscher nicht kannten, Jasmin dagegen scheinbar schon. Sie schwang ganz dezent ihre Hüften zum Rhythmus des Songs. Ein verwunderter Blick Habichs stoppte sie sofort.

Die Einrichtung des Klubs war überwiegend in Erdfarben gehalten, dazu cremefarbene Lederpolster auf den Hockern an der Theke und grünbraune Sitzgruppen rund um die Tanzfläche verteilt. Weitere Sitzmöglichkeiten gab es auf einer Empore, die drei Seiten des Klubs einnahm. Für einen Montagabend war das »Sonce« ganz gut besucht. Die Theke und die untere Etage waren voll belegt, genau wie die mit grünen Spotlights beleuchtete Tanzfläche. Habich sah sich um. Zu den Gästen gehörten ausnahmslos attraktive junge Damen und elegant gekleidete Männer aller Altersstufen. Ob die weiblichen Besucher zum Tanzen da waren oder zu mehr, konnte der Hauptkommissar auf den ersten Blick nicht erkennen.

Durch die Menge der Tanzenden kam ein großer athletischer Mann auf sie zu. Er war genauso gut gekleidet wie der Rest der Anwesenden. Er trug eine helle Hose, ein helles Hemd und ein dunkles Sakko. Jasmin achtete jedoch weniger darauf als auf sein Gesicht. Ihr erster Gedanke war: ein typisches Verbrechergesicht.

»Die Polizei im Haus. Was verschafft mir die Ehre?«

»Wir möchten ungestört mit Ihnen reden«, antwortete ihm Hauptkommissar Rauscher durch den Lärm der Musik hindurch.

Mit dem Zeigefinger deutete Valentin Suker an, dass sie ihm folgen sollten. Sie schlängelten sich am Rand der Tanzfläche entlang nach hinten Richtung Theke. Der Klubbesitzer steuerte auf eine Tür rechts vom Tresen mit der Aufschrift »Privat« zu. Gleich darauf standen die vier in einem mehrere Meter langen Gang, der an einem Notausgang endete. So zumindest lautete des Schild an der massiven Metalltür. Sobald sich die Tür zum Klub hinter ihnen geschlossen hatte, war die Musik kaum noch zu hören. Suker ging den Gang entlang. Er betrat den letzten von drei Räumen auf der rechten Seite. Die drei Polizisten erblickten einen Wandschrank mit Ordnern, einen Schreibtisch, eine kleine Sitzgruppe und eine Liege. Vermutlich Büro und Ruheraum in einem, so die Gedanken der zwei Kripobeamten und ihrer Kollegin.

Suker ließ sich in den Bürosessel fallen, der unter der Wucht krachte und knarrte. Seinen Gästen einen Platz anzubieten hielt er nicht für notwendig, ein Zeichen dafür, dass er sie schnell wieder loswerden wollte.

»Wie kann ich der Polizei helfen?«, fragte er großspurig.

»Indem Sie uns ein paar Fragen beantworten«, sagte Habich.

»Wenn ich kann, gerne. Schießen Sie los.«

Wieder war es Habich, der das Wort ergriff. »Was wissen Sie über diesen Mann und dessen Beziehung zu Ihrer Cousine Sanja?« Während er sprach, legte er ihm das Bild vor. »Sein Name ist Martin Belling.«

Valentin Suker nahm das Foto zur Hand, legte die Füße auf die Schreibtischkante und sah kurz darauf. Lässig warf er das Bild auf den Tisch. »Was soll ich darüber wissen? Nichts, absolut nichts! Einer ihrer Begleiter, Verehrer, Liebhaber oder was weiß ich. Sie ist zwar meine Cousine, aber über ihr Privatleben kann ich Ihnen nichts sagen.«

»Und Sie haben auch keine Ahnung von einem Kaufangebot Ihrer Cousine über die Unternehmungen der Familie Belling?«

»Nein! Aha, dann war er ein Geschäftspartner von Sanja«, meinte Suker auf das Foto deutend.

»So würde ich das jetzt nicht nennen. Wir vermuten eher, dass da nicht alles mit rechten Dingen zuging«, wurde Habich deutlicher.

»Aber, aber! Das kann ich mir bei meiner Cousine gar nicht vorstellen.«

»Dafür aber wir. Genauso, wie wir uns weiter vorstellen können, dass Sie die Hände mit im Spiel haben«, schoss der Hauptkommissar einen Pfeil ab.

Der Klubbesitzer nahm die Füße vom Tisch und stützte beide Hände auf die Schreibunterlage. »Was wollen Sie denn damit sagen?«, tat er empört.

»Ich nenne nur ein paar Stichworte, die mit Ihnen in Verbindung gebracht werden, wie Glücksspiel, Wetten und Erpressung ...«, übernahm Hauptkommissar Rauscher das Wort.

»Alles Verleumdungen, Herr Kommissar«, unterbrach ihn Suker und tat entrüstet. »Da will mir jemand was anhängen. Oder haben Sie Beweise?«

»Suker, Sie kennen mich und wissen, dass Sie bei uns im Fokus stehen. Ich würde Ihnen raten die Wahrheit zu sagen.«

Hauptkommissar Rauscher wusste, dass die Worte vergebene Mühe waren. Valentin Suker würde den Mund nicht aufmachen, sich wie eine Schlange winden und bis zum Schluss den Unwissenden spielen. Aber er hatte Habichs Strategie mit dem Unruhestiften verstanden. Mehr sollte es auch gar nicht sein.

»Ich sage die Wahrheit.«

»Die beiden hier.« Rauscher zeigte auf Theo und Jasmin, »ermitteln in einem mehrfachen Mord. Das ist kein Pappenstiel, und eine Spur führt auch zu Ihnen und Ihrer Cousine. Also noch mal, was haben Sie mit diesem Belling zu tun?«

»Ich kenne den Kerl nicht, vielleicht vom Sehen her, aber mehr auch nicht«, beteuerte der Klubbesitzer.

»Waren Sie in der letzten Zeit mal in Unterfranken? Dort, wo Ihr Cousin Milan Walther wohnt.«

»Quatsch! Was soll ich da? Nein, natürlich nicht.«

»Halten Sie sich zur Verfügung. Sollten wir neue Erkenntnisse haben, dass Sie doch Ihre Finger mit im Spiel haben, komme ich ganz bestimmt wieder.«

Rauscher drehte sich auf dem Absatz herum und verließ

den Raum gefolgt von Hauptkommissar Habich und Kommissarin Blume.

Draußen vor der Tür des Klubs wandte er sich an seine beiden Begleiter. »Ich bin mal gespannt, ob der ganze Aufwand für irgendwas gut war.«

Am nächsten Morgen sollte die erste Auswertung der richterlich genehmigten Aktionen anlaufen. Doch es kam alles etwas anders. Noch im Hotel beim Frühstück erhielt Theo einen Anruf aus Würzburg. Etwas war passiert, was seine Anwesenheit dort erforderlich machte. Er informierte seinen Kollegen Rauscher mit der Bitte, ihn über den Stand der Dinge hinsichtlich der Handyüberwachung aktuell auf dem Laufenden zu halten. Keine Viertelstunde später waren Theo und Jasmin auf dem Rückweg nach Würzburg.

Kurzer Erfolg

Matthias Thanner hatte sich das ganze Wochenende über alles gut überlegt und ausgetüftelt. Die Anweisungen für die Geldübergabe waren eindeutig, als er am Sonntagabend den Anruf tätigte.

»Sie kennen den Parkplatz an der Alten Mainbrücke in Etwashausen bei der Kreuzkapelle von Balthasar Neumann?«, fragte er. Nachdem die Gegenseite seine Frage bejaht hatte, fuhr er fort. »In der Anlage neben dem Parkplatz gibt es ein großes hölzernes Klettergerüst. Direkt davor stehen eine Bank und ein Abfallbehälter. Dort an der Bank, deponieren Sie das Geld um Mitternacht in einem schwarzen Rucksack. Danach verlassen Sie zügig den Übergabeort. Alles verstanden?«, erkundigte sich Matthias und erhielt erneut ein »Ja« als Bestätigung. »Übrigens«, fügte der junge Mann hinzu, »sollten Sie mich hintergehen wollen oder etwas gegen mich planen: Ich habe eine handschriftliche Aussage hinterlegt.«

*

Seit fast einer Stunde schon stand Thanner gut versteckt in einem Gebüsch dicht am Mainufer und in Sichtweite der von ihm bestimmten Örtlichkeit für die Geldübergabe. Er begann leicht zu frösteln. Ob von der nächtlichen Kühle oder der Aufregung, konnte er selbst nicht sagen. Immer wieder schaute er nervös auf das Leuchtzifferblatt seiner Uhr. Bei seinem letzten Blick war es 23.55 Uhr. Seine Anspannung stieg. Der tieferliegende Parkplatz wurde durch die Laternen der nahegelegenen Brücke schwach beleuchtet. Als er eingetroffen war, standen vier Fahrzeuge auf dem Parkplatz, aber keines davon war für ihn von Interesse. Ein Lichtschein erhöhte seine Aufmerksamkeit. Ein Auto näherte sich. Das müsste er eigentlich sein, war Matthias' erster Gedanke. Die dunkle Mercedes-Limousine bog langsam auf das Gelände und drehte dort eine Runde, so als suche der Fahrer etwas. Dann hatten die Scheinwerfer das Holzgestell und die Bank erfasst. Das Fahrzeug stoppte. Sekundenlang passierte nichts. Der Motor lief, die Lichter blieben an, aber im Inneren der Limousine war keine Bewegung zu erkennen. Matthias starrte gebannt und hielt, ohne es zu merken, die Luft an. Erst aufkommende Atemnot zwang ihn weiterzuatmen. Nach einer gefühlten Ewigkeit öffnete sich die Fahrertür. Die Person, die ausstieg, war aus der Entfernung nicht zu erkennen, zumal keine Innenbeleuchtung brannte. Der Sechszylinder brummte leise und die Lichtkegel beleuchteten immer noch die Bank, während der Fahrer den Kofferraum öffnete und etwas herausholte. Immer wieder drehte er dabei seinen Kopf in alle Richtungen. Langsam ging er im Lichtschein auf die Bank zu und stellte dort einen Gegenstand ab. Matthias glaubte einen Rucksack zu erkennen. Dann schritt der Mann wieder zu seinem Wagen. Mit einem letzten Blick in die Runde stieg er ein, setzte das Fahrzeug einige Meter zurück und gab Gas. Er verließ den Parkplatz in die gleiche Richtung, aus der er gekommen war. Langsam verschwanden die Lichter.

Der junge Mann wartete noch fünf Minuten, bevor er sich aus dem Gebüsch traute. Vorsichtig näherte er sich der Bank. Seine Augen, die sich gut an die Dunkelheit gewöhnt hatten, suchten die Umgebung ab. Alles blieb ruhig. Matthias nahm keine Bewegung und kein Geräusch wahr. Flink griff er nach dem Rucksack und huschte zurück zum Gebüsch. Jetzt zog er ein dort verstecktes Crossrad hervor, schnallte sich den Rucksack auf den Rücken und schwang sich aufs Rad. Zuerst radelte er ohne Beleuchtung los. Einige Meter weiter schaltete er sein Licht ein. Er fuhr auf einem Radweg entlang des Mains, an Sportanlagen vorbei und unter der Brücke der Nordtangente hindurch. Dahinter bog er auf einen Feldweg in Richtung Albertshofen ein. Bis auf den Lichtschein seiner Fahrradlampe war es stockdunkel.

Etwa auf halber Strecke hielt er an. Seine Neugier war nicht mehr zu bändigen. Matthias nahm seine Last von den Schultern, holte eine kleine Taschenlampe aus seiner Jacke und öffnete den schwarzen Rucksack. Die gebündelten Geldscheine mit der Banderole leuchteten ihm entgegen. Er nahm nacheinander mehrere Bündel heraus und fächerte mit dem Daumen die schmale Seite der Scheine auf. Damit überprüfte er, ob das jeweilige Bündel auch tatsächlich aus echten Geldscheinen bestand oder ob zwischendrin nur Zeitungspapier war, wie er es schon in Fernsehfilmen gesehen hatte. Sein Herz klopfte hörbar. So wie es aussah, war es wirklich echtes Geld. Geschafft! Matthias jubelte innerlich.

Mit dem Geld konnte er die Sache vielleicht wieder geradebiegen, und die Differenzen mit Claudia wollte er auch endlich klären. Schließlich liebte er sie und wollte sie nicht verlieren. Jetzt, als halber Belling mit der Aussicht auf einen beträchtlichen Erbteil, hatte er sich andere Prioritäten gesetzt. Stefanie sollte der Vergangenheit angehören. Die Liaison mit ihr war eigentlich nur aus Langeweile und Übermut entstanden. Alles hatte angefangen, als er und Claudia vor zwei

Jahren die Verantwortung für die Unternehmensteile übernommen hatten. Claudia Kramer hatte sich dermaßen in ihre Verantwortung dem Hotel und dem alten Belling gegenüber hineingesteigert, dass für ihre Beziehung keine Luft mehr geblieben war. Sie war von morgens bis zum späten Abend für ihren neuen Job verfügbar gewesen, aber leider nicht mehr für ihn. Also hatte er die freien Abende oft mit Stefanie verbracht. Die hatte es dankend angenommen und die Gunst der Stunde genutzt. Trotzdem hatte er sich nie eingebildet, es würde mehr aus Stefanie und ihm. Es war einfach nur so angelaufen und hatte sich verselbstständigt, ohne dass sich Matthias jemals Gedanken über mögliche Konsequenzen gemacht hatte.

Seine Überlegungen wanderten in eine andere Richtung. Er musste sich etwas einfallen lassen, wo er das Geld deponieren sollte, ohne dass es jemand entdecken würde. Der Betrieb schien ihm die beste Lösung. Dort vermutete sicherlich niemand so einen Batzen Geld. Er war zuversichtlich, dass ihm noch die Idee für das richtige Versteck kam. Eilig stopfte er die Geldbündel zurück und schnallte sich den Rucksack wieder auf. Gut gelaunt schwang er sich auf sein Fahrrad, pfiff leise und radelte gemächlich heimwärts. Es würde eine kurze Nacht werden, denn noch vor Sonnenaufgang ging die Vorbereitung für die nächste Spargelernte weiter.

Eine halbe Stunde nach der Geldübergabe erreichte Matthias den Betrieb. Noch war dort alles ruhig und dunkel. Nur zwei schwache Hoflaternen brannten. Eine in der Ecke zwischen einer Lagerhalle und dem Betriebsgebäude, die zweite bei den beiden Glashäusern, in denen die Kräuter gezüchtet wurden. Ihr schwaches Licht reichte keine zwanzig Meter weit und damit bei weitem nicht, um den gesamten Betriebshof ausreichend zu beleuchten. Matthias lehnte sein Crossrad an einen im Hof abgestellten landwirtschaftlichen Anhänger. Mit seinem Schlüssel öffnete er die Gebäudetür, in dem sich sein Büro befand. Er schaltete das Licht an und stellte den schwarzen Rucksack auf den Schreibtisch. Erleichtert ließ er sich in den Bürostuhl fallen. So saß er einige Minuten, überlegte und starrte den wertvollen Tragebeutel an, in dem sich das Geld befand. Noch war er sich über den Aufbewahrungsort nicht ganz schlüssig. Plötzlich lachte er. Ihm war eine Idee gekommen. Sein Spind im Lager! Er besaß von früher her noch einen eigenen Spind in der Umkleide im Lagergebäude. Die benutzten Spinde wurden alle abgeschlossen, weil die Arbeiter dort ihre Kleidung und auch Wertsachen aufbewahrten. Sein Metallschrank hatte ebenfalls noch ein Schloss und er den Schlüssel dazu an seinem Bund. Dort würde garantiert niemand so eine Menge Geld vermuten. Da war es zumindest für die nächsten paar Tage sicher, bevor er sich im Klaren war, wie er weiter vorgehen wollte. Er holte den Schlüsselbund aus der Hosentasche, suchte und fand den kleinen unscheinbaren Schlüssel für das Vorhängeschloss an seinem Spind.

Mit einem Mal zuckte er zusammen. War da nicht draußen ein Geräusch gewesen? Hatte er nicht einen Schatten an einem der Fenster gesehen? Unmöglich! Hier war keiner. Die Einbildung spielte ihm einen Streich, redete er sich ein. Vielleicht war es die Sorge, bis seine Beute sicher verwahrt war. Er nahm den Lagerschlüssel vom Schlüsselbrett, packte den Rucksack und trat wieder hinaus in die Nacht. Einen Moment blieb er stehen und schaute in alle Richtungen. Es war friedlich, kein Laut und kein Anzeichen einer anderen Person. Matthias machte sich auf den Weg zur Lagerhalle.

Dabei musste er an dem Anhänger vorbei, wo sein Fahrrad stand. Auf Höhe des Hängers nahm er eine Bewegung in seinem Rücken war. Bevor er sich umdrehen oder reagieren konnte, erhielt er einen fürchterlichen Schlag in den Rücken. Ein Zweiter folgte sofort. Der Rücksack fiel ihm aus der Hand und er stürzte flach auf den Bauch. Sekundenlang blieb ihm die Luft weg. Der heftige Schmerz hinderte ihn daran, klar zu denken. Stöhnend versuchte er sich aufzurichten, als ihn ein dritter Schlag traf. Mit einem Schmerzensschrei sackte er wieder zusammen.

»Hab ich es doch geahnt, wer dahintersteckt«, vernahm er eine Stimme. »Glaubst du wirklich, du könntest mit dem Geld davonkommen?«

Mit schmerzverzerrtem Gesicht drehte sich Matthias auf die Seite und blickte nach oben. »Sie ...?«, stöhnte er überrascht. »Verdammt! Wie haben Sie mich gefunden?«

Der Schwarzgekleidete lachte. »Das Zauberwort heißt GPS.« Dabei zeigte er auf den Rucksack. »Da ist ein Sender drin, der mir exakt anzeigte, wohin du gefahren bist. Tja, Pech gehabt, das war ein kurzes Gefühl von Reichtum, nicht?«

»Was haben Sie jetzt mit mir vor?«, fragte Matthias mit schmerzverzerrtem Gesicht und gepresster Stimme.

»Zuerst möchte ich von dir wissen, wo deine schriftliche Aussage ist.« In der Hand hielt der Mann einen Baseballschläger, mit dem er eindeutige Zeichen machte. »Versuch erst gar nicht, mich zu belügen, ich prügele es aus dir heraus. Du kannst ruhig schreien, hier hört dich keiner.«

Damit hatte sein Gegner vermutlich recht. Der Betrieb lag einige Hundert Meter vom Hotel entfernt und es war unwahrscheinlich, dass ihn dort jemand hörte. Sonst gab es weit und breit kein Anwesen.

»Es gibt keine, das habe ich nur so gesagt«, antwortete der junge Mann und versuchte vorsichtig aufzustehen. Der Schläger traf ihn nacheinander an beiden Schienbeinen und gleich anschließend am Kopf. Heulte er bei den ersten Schlägen auf, so machte ihn der Kopftreffer leicht benommen und er ging erneut zu Boden. Die Schläge waren trotzdem gut dosiert, alle Knochen blieben intakt, und ohnmächtig wurde der Überfallene auch nicht. Alles war nur dazu gedacht, richtig Schmerzen zu verursachen.

»Ich habe dir doch gesagt, dass du nicht lügen sollst. Warum hörst du nicht und machst es dir so schwer?«, klang es Matthias vorwurfsvoll entgegen. Der junge Thanner biss die Zähne zusammen, um die Schmerzwellen zu ertragen, die durch seinen Körper rasten.

»Also, versuchen wir es noch einmal: Wo hast du das Schriftstück?«

»Im Büro ... im Safe«, ächzte Matthias und hielt sich den Kopf.

»Dann komm hoch, wir wollen es holen«, befahl der Mann. »Hör auf zu jammern, du bist selbst schuld. Hättest du gleich die Wahrheit gesagt, hättest du dir einiges erspart. Noch besser wäre natürlich gewesen, du hättest ganz die Finger davongelassen. Ich habe dich am Telefon gewarnt.« Fast hätte man meinen können, es läge Bedauern in der Stimme des Mannes.

Stöhnend und mit schmerzvollem Gesicht quälte sich Matthias in die Höhe. Mit dem Ende des Schlägers stieß ihn der Schwarzgekleidete in Richtung Tür. Humpelnd ging Matthias vorneweg. Im Büro öffnete er einen Büroschrank, in den ein kleinerer Safe eingebaut war.

»Aufmachen und her mit dem Dokument«, lautete die

Anweisung. Thanner kam der Aufforderung nach, entnahm dem Safe eine einzelne gedruckte Seite und übergab sie dem Mann. Der warf einen Blick darauf und las, was dort stand. Dadurch war er abgelenkt und unaufmerksam. Diesen Moment nutzte Matthias. Trotz Schmerzen ergriff er die Flucht. Er hastete zur Tür hinaus, schlug sie hinter sich zu, genau wie anschließend die Haustür und rannte ins Freie. Über den Hof wollte er die Gebäudeecke erreichen, um dahinter in der Dunkelheit zu verschwinden. Seine Blessuren hinderten ihn jedoch stärker als erwartet. Die Hälfte der Wegstrecke hatte er hinter sich, als zwei Schüsse durch die Nacht peitschten. Die Kugeln trafen ihn in den Rücken. Der junge Mann stürzte zu Boden und blieb regungslos liegen, nicht weit von der Stelle, wo noch der Rucksack mit dem Geld lag. Der Schütze verschwand wieder im Haus und kam kurz darauf mit dem Stück Papier wieder heraus. Langsam ging er zu Matthias, der sich nicht rührte. Ohne Hast und Eile bückte er sich und drehte den Getroffenen um. Aus seiner Hosentasche holte er ein Feuerzeug und hielt die Flamme vor das Gesicht des jungen Mannes. Der starre Blick sagte ihm, dass Matthias tot war. Daraufhin zündete der Täter das Schriftstück an. Er behielt es in der Hand, bis die Flammen fast seine schwarzen Handschuhe erreichten. Erst dann ließ er den brennenden Rest fallen, blickte auf den Körper am Boden und murmelte »Idiot!«. Mit dem Rucksack in der Hand verließ er ohne Hast das Grundstück.

*

Rudi war normalerweise morgens immer der Erste im Betrieb. Genau um fünf Uhr fuhr er mit seinem Moped auf den Hof. Verwundert stellte er fest, dass im Büro Licht brannte und die

Haustür offenstand. Nachdem er sein Zweirad abgestellt hatte, sah er das Fahrrad von Matthias an dem Hänger lehnen. Heute ist der Chef aber früh da, dachte er. Nur Sekundenbruchteile später fiel sein Blick auf etwas, was vom schwachen Licht der Lampe beleuchtet wurde. »Oh nein, nicht schon wieder«, entfuhr es ihm. Bei dem, was er sah, erinnerte er sich sofort an den Anblick vor etlichen Tagen auf dem Spargelfeld. Er rannte los. Bevor er die leblose Gestalt erreichte, stoppte er abrupt und starrte wie gebannt auf die Blutlache, die sich um sie herum gebildet hatte.

»Matti?«, presste Rudi fragend hervor, dann noch mal. »Ach herrje, Matti.« Nach dem ersten Schock wurde Rudi bewusst, was zu tun war. Er musste die Polizei alarmieren. Ein eigenes Handy besaß er nicht, deshalb rannte er ins Büro ans Telefon und wählte den Notruf.

Martin war gerade zum Frühstück heruntergekommen und begrüßte Claudia Kramer, als die Polizei eintraf. Kommissar Rautner versuchte ihr die Nachricht von Matthias Tod so schonend wie möglich beizubringen. Trotzdem erlitt die junge Frau einen Schwächeanfall und sackte zusammen. Martin fing sie auf und trug sie behutsam auf ihr Zimmer, während Rautner nach einem Arzt telefonierte. Der junge Belling blieb an ihrer Seite, bis der Arzt kam, der ihr eine Spritze und Medikamente gab.

Martin ahnte, was jetzt auf die junge Frau zukam. Zuerst die Frage nach dem »Warum«. Warum war das passiert? Hätte sie es verhindern können? Hatte es etwas mit den Unstimmigkeiten zwischen den beiden zu tun? Zumindest standen die Fragen so lange im Raum, bis vielleicht die Polizei Antworten finden würde. Auf jeden Fall würde sie sich Vorwürfe machen. Vorwürfe, dass sie davongelaufen war und nicht hartnäckiger versucht hatte, mit ihrem Freund zu reden. Versucht hatte, alles zu klären. Obwohl sie ja eigentlich alles getan hatte, um wieder mit Matthias ins Reine zu kommen. Aber das würde jetzt nebensächlich sein. Entscheidend war, dass sie sich vorwerfen würde, Zeit vergeudet und damit Gelegenheiten verpasst zu haben, die jetzt nicht mehr kamen. Seit ihrem Streit mit Matthias am vergangenen Donnerstag hatte sie kein Wort mehr mit ihm gewechselt. Und nun war er tot.

Diese und ähnliche Gedanken gingen auch Martin durch den Kopf, während er die Frau ansah, die mittlerweile eingeschlafen war. Irgendwie wurde ihm warm ums Herz. Sie hatten das ganze Wochenende über gute Gespräche geführt. Sie hatte sich ihm schrittweise geöffnet. Über ihre Mutter, ihren alten Chef, seinen Vater und schließlich über ihre Beziehung gesprochen. Genauso war Martin mittlerweile auch bereit, ihr gewisse Dinge anzuvertrauen. In ihm waren Zuneigung und Sympathie zu der klugen, aber bescheidenen jungen Frau aufgekommen. Ein bisschen hatte er ihren Freund beneidet. Dafür, dass sie trotz allem noch bereit gewesen war zu kämpfen, auch wenn sie ihm in der ersten Verzweiflung etwas anderes an den Kopf geworfen hatte.

»Halten Sie hier Wache?«, wurde er in seinen Überlegungen unterbrochen. Hauptkommissar Habich stand in der Tür, gefolgt von seiner Kollegin Jasmin Blume. Er war von Frankfurt aus direkt durchgefahren, um gleich am Tatort erscheinen zu können.

»Ich möchte, dass sie jemand Vertrauten sieht, wenn sie aufwacht.«

»Das wird nicht ganz klappen. Sie müssen mit uns kommen.«

»Warum?«

»Martin Belling, Sie stehen im Verdacht, einen vierfachen Mord begangen zu haben«, verkündete der Hauptkommissar förmlich. Hinter ihm betraten zwei Uniformierte den Raum. »Die Kollegen bringen Sie in die Inspektion nach Würzburg zur Vernehmung. Ich hoffe, dass Sie freiwillig mitgehen. Außerdem haben wir einen Durchsuchungsbeschluss für das Hotel, den Anbaubetrieb und sämtliche Privaträume.« Er zeigte Martin die richterliche Anordnung, die er während der Rückfahrt telefonisch erwirkt hatte.

»Was glauben Sie hier zu finden?«

»Beweise, nichts als Beweise. Bitte, meine Herren!«, wandte er sich an die uniformierten Kollegen.

»Ist schon gut.« Martin hob die Hände. »Ich gehe auch so mit, aber Sie machen einen Fehler.«

Die beiden Beamten in Uniform geleiteten Martin hinaus, verfrachteten ihn in einen Streifenwagen und fuhren den Beschuldigten nach Würzburg.

Verdächtig

Während die Spurensicherung die Anwesen der Bellings durchkämmte, saß Martin Belling im Vernehmungszimmer der Kriminalpolizei in Würzburg. Eine Viertelstunde ließ man ihn warten, dann erschien Habich mit einer Dokumentenmappe unter dem Arm. Er setzte sich dem Beschuldigten gegenüber, breitete seine Unterlagen aus, faltete andächtig die Hände und blickte auf Martin. Sekundenlang geschah nichts. Die beiden Männer sahen sich nur an. Der junge Belling wirkte angespannt, abwartend und ein klein wenig nervös. In Habichs Gesicht bewegte sich kein Muskel, während er sein Gegenüber fixierte und dessen Verhalten zu studieren schien.

»Jetzt haben Sie erreicht, was Sie wollten«, beendete Habich das Schweigen.

»Ich verstehe nicht. Was wollte ich denn?«, erkundigte sich Martin etwas irritiert.

Der Kriminalbeamte senkte den Kopf und blickte auf seine Unterlagen. »Laut den Aussagen Ihrer Geschwister wollten Sie als Einziger Geld sehen, also verkaufen ...«

»Aber doch erst, nachdem unser Vater tot war. Bei der geplanten Erbschaftsregelung des Alten hätten wir doch sowieso Geld bekommen ...«

»Darüber konnten Sie sich aber am Anfang nicht sicher sein. Sie wussten doch gar nicht, was Ihr Vater vorhatte, oder?«

»Nein, ich wusste nichts, aber geahnt habe ich es. Er hätte nie einem von uns dreien eines der Unternehmen vermacht.

Er konnte sich nicht vorstellen, dass wir zurückkommen würden, um die Geschäfte weiterzuführen.«

»Und was haben Sie sich dann vorgestellt, was mit dem Hotel und dem Anbaubetrieb passieren sollte?«

Martin zuckte mit den Schultern. »Keine Ahnung.«

»Sie haben für mich dennoch das stärkste Motiv. Wer könnte sonst noch Interesse haben, Ihre Familie auszulöschen?«

»Herr Hauptkommissar, ich glaube, Ihnen gehen die Verdächtigen aus«, sagte der junge Belling verbittert, »und darum stürzen Sie sich jetzt auf mich. Aber ich war es nicht. Ich habe meinen Vater nicht getötet, obwohl ich auf ihn nicht gut zu sprechen war, und meine Geschwister habe ich erst recht nicht umgebracht. Die mochte ich, unabhängig davon, dass wir in den letzten Jahren wenig Kontakt hatten. Na ja, und dieser Thanner, da weiß ich nicht so richtig, was ich davon halten sollte. Er war nun mal da, aber das ist ebenfalls kein Grund, ihn zu beseitigen.«

»Es spricht einfach vieles gegen Sie. Sie saßen am Tisch dabei, als Ihr Vater den Spargelsalat für den Morgen zurückstellen ließ. Sie waren beim Essen dabei, welches Ihrer Schwester zum Verhängnis wurde. Sie haben kein Alibi für die Nacht, in der Ihr Bruder umgebracht wurde ...«

»Dafür aber für die letzte Nacht«, unterbrach Martin den Hauptkommissar. »Ich saß bis weit nach Mitternacht mit Frau Kramer zusammen. Fragen Sie sie, wenn sie wieder ansprechbar ist.«

»Mal langsam, wir haben noch nicht den genauen Todeszeitpunkt. Zudem sind Sie als Biologe auch derjenige, der am ehesten was mit dem Gift anfangen kann, an dem Ihr Vater und Ihre Schwester starben. Das ist und bleibt ein starker Verdachtsmoment.«

»Völliger Quatsch«, winkte Belling ab. »Damit können tausend andere auch umgehen. Die Wirkung des ›Blauen Eisenhuts‹ ist kein Geheimnis. Wie man es benutzt, können Sie im Internet nachlesen, und es sich zu besorgen, ist auch nicht schwer. Überlegen Sie doch mal, Herr Hauptkommissar«, gab Martin zu bedenken, »bin ich wirklich so doof, dass ich eine ›Tatwaffe‹ wähle, mit der man mich sofort in Verbindung bringen würde? Außerdem, wenn ich richtig informiert bin, ist Gift eher Frauensache. Schauen Sie, Herr Hauptkommissar, ich bin seit meiner Ankunft noch kein einziges Mal in der Küche gewesen. Ich habe diese Sache mit dem Spargelsalat doch überhaupt nicht registriert. Dazu war ich von dem vorangegangenen Wortgefecht viel zu abgelenkt. Ähnlich verhält es sich beim Tod meiner Schwester. Auch da hatte ich keine Chance, vorher an das Essen ranzukommen. Wir haben gemeinsam bestellt, uns unterhalten und dann sind die Speisen gekommen. Wie und wann hätte ich da etwas hineintun sollen? Mein Bruder war doch auch anwesend. Der hätte doch etwas sehen müssen. Hinsichtlich der Erbschaft war die Sachlage nach dem Tod meiner Schwester wieder eine andere. Nicole war die treibende Kraft bei der Idee, die Geschäfte weiterzuführen. Franz war sich noch nicht schlüssig. Sie haben doch selbst gesagt, dass er sich an dem Abend erst einen Überblick über die finanzielle Situation machen wollte. Warum sollte ich ihn töten, wo noch nicht klar war, wie er sich nun endgültig entscheiden würde.«

»Hmm ...«, brummte Habich nachdenklich. Einige der Argumente waren nicht von der Hand zu weisen. Aber nun spielte er seinen letzten Trumpf aus. Aus seiner Mappe nahm er einige Bilder und breitete sie vor Martin aus. »Können Sie mir dazu etwas sagen?«

Der junge Mann starrte überrascht auf die Fotos, die ihn mit Sanja Suker zeigten. Dann sah er den Kripobeamten an. »Woher haben Sie die?«

»Von den Kollegen aus Frankfurt.«

»Wurde ich überwacht?«, fragte er ungläubig.

»Nein, nicht Sie, sondern Ihre Begleitung. Hatten Sie ein Verhältnis mit ihr?«

»Was geht Sie das an?«

Der Kommissar ignorierte die Frage. »Wissen Sie eigentlich, wer die Dame wirklich ist?«

»Soweit mir bekannt ist, eine Geschäftsfrau, die mit Immobilien zu tun hat ...«, antwortete Martin zögerlich.

»Höre ich da ein ›aber‹ heraus?«

»Na ja, wie soll ich das erklären«, druckste er herum. »Es ist ein bisschen kompliziert ...«

»Was ist kompliziert? Ihr Verhältnis zu ihr oder was daraus geworden ist?«

Martin senkte den Kopf und starrte auf die Fotos. »Da ist nichts mehr. Es ist nichts daraus geworden ...«

»Weil die Dame Sie über den Tisch gezogen hat? Oder war es ihr sauberer Cousin Valentin ...«

»Den kennen Sie auch?«, fuhr der junge Belling erschrocken auf.

Habich lachte trocken. »Natürlich! Der gehört doch mit dazu. Was war es bei Ihnen? Haben Sie gespielt, gewettet oder auf andere Art viel Geld verloren?«, fragte der Hauptkommissar ins Blaue hinein. An der Art, wie Martin zusammenzuckte und etwas blass wurde, erkannte er, dass er das Richtige getroffen hatte. »Machen Sie reinen Tisch.«

»Theo! Kann ich dich mal sprechen? Es ist wichtig.« Kommissar Rautner steckte den Kopf zur Tür herein.

»Einen Moment, Herr Belling, wir machen gleich weiter. Gehen Sie mal in sich, ob Sie mir nicht noch mehr zu sagen haben.«

Habich erhob sich und folgte seinem Kollegen auf den Flur. »Was ist los?«

»Ich hab neue Infos.«

»Die Kurzfassung bitte.«

»Punkt eins: Die Gerichtsmedizin hat festgestellt, dass der Tod von Matthias Thanner zwischen 0.30 Uhr und ein Uhr eingetreten ist. Die tödlichen Kugeln waren vom Kaliber 9 mm. Punkt zwei: Eine Bedienung aus dem Hotel hat ausgesagt, dass Claudia Kramer mit dem jungen Belling bis gegen ein Uhr im Schankraum saß. Punkt drei: Wir haben die Aussage eines Nachtschwärmers, der auf dem Heimweg war und einen dunklen Mercedes gesehen hat, der etwa zur Tatzeit aus der Seitenstraße kam, die zu Bellings Anwesen führt.«

»Was für einen Wagen fährt Martin Belling?«

»Einen Mercedes C-Klasse. Die Farbe ist so eine Art Dunkelgraumetallic. Das ist aber nicht der Wagen, den unser Zeuge gesehen haben will. Er ist ein Autofreak und behauptet steif und fest, dass es ein E-Klasse-Coupé gewesen sei.«

»Konnte er sich die Autonummer merken?«

»Darauf hat er leider nicht geachtet. Er hat sich mehr auf den Wagen als auf die Nummer konzentriert.«

»Ohne Autonummer wird's schwierig. Der Wagen könnte von überall herkommen. Vielleicht war es auch nur ein Gast, der was weiß ich wohin wollte.«

»Stimmt!«

»Hmm ... alle drei Punkte entlasten Belling. Aber nur in dem einen Fall. Was wäre, wenn der Tod von Thanner gar nichts mit den anderen drei Morden zu tun hätte?«

»Das glaubst du doch wohl selbst nicht, oder?«, fragte Chris stirnrunzelnd.

»Nein, verdammt noch mal, eigentlich nicht. Ich weiß nicht mehr, was ich glauben soll. Belling hat recht, uns gehen die Verdächtigen aus.« Habich tippte Chris auf die Brust. »Krieg mal raus, was die Rademanns für Autos fahren.«

»Hab ich schon«, grinste der junge Kollege. »Fehlanzeige! Senior und Junior fahren beide Audi.«

»Okay, dann rufst du jetzt die Kollegen in Frankfurt an. Zum einen würde ich gerne wissen, was sich bisher bei der Handyüberwachung dort ergeben hat, und zum anderen: Vielleicht können die ja etwas mit so einem Fahrzeug im näheren Umfeld der Sukers anfangen. Ich werde dem jungen Belling noch ein bisschen auf den Zahn fühlen«, sagte Habich und verschwand wieder im Vernehmungszimmer.

»Also, Herr Belling, haben Sie sich die Sache überlegt? Wollen Sie mir noch etwas über Frankfurt und die Sukers erzählen?«

»Diese verdammte Hexe hat mich bezirzt«, platzte es plötzlich aus dem jungen Mann heraus.

»Sie sprechen von Sanja Suker?«

»Ja klar! Von wem sonst?«

»Erzählen Sie«, forderte der Kriminalbeamte auf.

»Ich habe die Frau vorletztes Jahr auf einer Veranstaltung kennengelernt. Sie hat mir natürlich gefallen.« Martin zeigte auf die Bilder und grinste verlegen. »Ist ja wohl klar. Wir kamen ins Gespräch und ich hatte das Gefühl, dass sie meine Sympathie ihr gegenüber erwidert. Später haben wir die Telefonnummern ausgetauscht mit dem Vorsatz, uns wieder mal zu treffen.« Der junge Mann hielt gedankenversunken eines der Fotos in der Hand. »Nur wenige Tage danach rief sie mich an, ob ich Lust hätte, mit ihr essen zu gehen. Logisch, dass ich nicht nein sagte. Nach dem Essen sind wir zum ersten Mal in diesen Klub ..., dieses ›Sonce‹ gegangen. War schon eine tolle Sache mit ihr dadrin«, erinnerte sich Martin. »Wir haben gefeiert und getrunken, alles war gut ...«

»Aha, ich verstehe. Das war vermutlich auch die Zeit, in der Sie den Führerschein mal weghatten«, hakte Habich nach.

»Genau! Da war ich ein bisschen übermütig«, lächelte Belling verschämt, dann setzte er seine Erzählung fort. »Na ja, dann hat sich diese Beziehung so langsam entwickelt. Irgendwann, beim dritten oder vierten Besuch im Klub, lernte ich den Besitzer kennen. Sanja stellte ihn mir als ihren Cousin vor. Eines Abends meinte Sanja, sie würde gern mal ein wenig spielen. Erst war mir nicht ganz klar, was sie mit ›spielen‹ meinte, aber dann klärte sie mich auf. Es gäbe da gemütliche Runden, in denen Poker oder 17 und 4 gespielt würde. Natürlich um etwas Geld, um das Spiel interessanter zu machen. Sozusagen ein kleines ›Spielkasino in privater Runde‹, wie sie es nannte. Es wären alles Freunde und Bekannte, die sich so die Zeit vertreiben würden. Tatsächlich waren viele dabei, die ich von anderen Partys her schon kannte ...«

»Wo fanden die Spiele denn statt?«, unterbrach Habich.

»Im Keller. Dort gibt es so etwas wie einen schicken Partyraum mit mehreren Tischen. Daran wurde gespielt. Zuerst habe ich nur zugeschaut und Sanja hat mitgespielt. Dann musste sie mal aussetzen wegen irgendeines Telefonanrufs, der sie zu einem wichtigen Termin rief. Ich hab ihren Platz übernommen. Das war der Anfang vom Ende. Ich hatte Blut geleckt. Mir hat es Spaß gemacht und anfänglich gewann ich auch. Tja, und dann ging's bergab.« Martin hob mit einer hilflos wirkenden Geste die Hände. »Was soll ich sagen, Sie kennen ja sicherlich solche Fälle. Man spielt und verliert, spielt weiter, um den Verlust wieder auszugleichen, und verliert erneut. Schließlich geht man ein immer höheres Risiko ein und will sein Glück erzwingen. Ich wurde leichtsinnig. Unterstützt wurde das Ganze dadurch, dass ich ohne Schwierigkeiten jederzeit Kredit erhielt. Damit rutschte ich immer weiter in den Schlamassel, bis man mir eines Tages die Rechnung präsentierte. Plötzlich wollte Valentin Geld sehen. Ich habe ihm meine ganzen Ersparnisse gegeben, aber es reichte bei weitem nicht aus.«

»Von wie viel sprechen wir?«

»Mein ›Sparschwein‹ mit fünfzigtausend habe ich geplündert. Es stehen noch zweihunderttausend offen.«

Der Hauptkommissar pfiff durch die Zähne. »Alle Achtung, die haben Sie ja richtig gemolken. Wie ging es weiter?«

»Man legte mir nahe, baldmöglichst die Schulden zu begleichen. Die wussten von den beiden Betrieben hier und meinten, ich könne mich ja an meinen Vater wenden. Sanja sagte plötzlich etwas von Verkaufen. Angeblich wolle mein Vater die beiden Unternehmungen veräußern.«

»Ahh ... ja, ja! Das war tatsächlich so. Ihr Vater hat mit dem Gedanken gespielt und von Sacro-Invest, das ist die Firma von Sanja Suker, ein Angebot erhalten. Vermutlich hat dieser Notar Walther den Kontakt vermittelt«, erklärte Habich, verschwieg aber die Verwandtschaftsverhältnisse zwischen Sanja Suker und Milan Walther.

»Ach, daher wusste Valentin von den Betrieben. Ich hatte mich schon gewundert, weil ich nämlich nichts davon erzählt habe.«

»Wie hatten Sie denn nun vor, das Geld zu beschaffen?«

Martin Belling zögerte, bevor er gestand. »Ich bin bei

meinem Vater zu Kreuze gekrochen und habe ihn um das Geld gebeten.«

»Und wie war die Reaktion?«

»Das können Sie sich doch denken. Er hat es kategorisch abgelehnt. Natürlich habe ich ihm nicht die Wahrheit gesagt, was die Verwendung anbelangt. Ich habe ihm was von einer interessanten Investition erzählt, für das ich es bräuchte.«

Habich überlegte. »Wann war das? Wann haben Sie Ihren Vater darauf angesprochen?«

»Das müsste so etwa zwei Monate her sein. Er hat ganz zum Schluss unseres Gesprächs eine Andeutung gemacht, ich solle mich noch ein klein wenig gedulden, vielleicht würde sich alles bald regeln. Hab leider nichts verstanden, bis dann der Anruf wegen der Erbschaftsgeschichte und des Notartermins kam.«

Erneut wurde die Vernehmung von Kommissar Rautner mit den Worten »Es gibt Neuigkeiten« unterbrochen. Habich folgte ihm diesmal ins Büro. Dort setzte sich Chris an seinen Computer.

»Die Kollegen aus Frankfurt haben uns zwei Telefonatmitschnitte geschickt, die eventuell von Bedeutung sind: das eine Telefonat vom gestrigen Nachmittag zwischen Sanja Suker und ihrem Bruder, nachdem ihr dort aufgetaucht seid. Bei der zweiten Aufnahme geht es ebenfalls um Sanja Suker, aber mit ihrem Cousin nach eurem Auftritt im Klub.«

»Na, dann lass mal hören«, sagte der Hauptkommissar und zog sich einen Stuhl heran.

Rautner öffnete eine der Audio-Dateien. Gemeinsam mit Jasmin Blume lauschten die beiden Beamten der aufgezeichneten Unterhaltung:

»*Hallo Milan, ich bin's*«

»Schwesterchen, grüß dich, was hast du auf dem Herzen? Brauchst du meine Hilfe?«

»Nein, eher eine Auskunft.«

»Und über was?«

»Über das, was bei dir los ist.«

»Was meinst du?«

»Es geht um Mord und eine Familie Belling, der wir irgendwann mal ein Angebot gemacht haben. Was weißt du darüber?«

»Wie kommst du da jetzt drauf?«

»Bei mir ist die Polizei aufgetaucht und hat Fragen gestellt. Über die Familie, unser Angebot und über dich. Verdammt, Milan, was treibst du dort in der Provinz? Ich denke, das Angebot ist vom Tisch?«

»Ist es doch auch.«

»Du weißt doch, dass wir einen der Söhne am Haken haben. Wir wollen im Moment keinen Staub aufwirbeln nach dem Missgeschick hier mit dem Hotelier. Hast du was damit zu tun?«

»Schwesterchen, bleib ruhig, es ist alles in Ordnung.«

»Das kann ich nur hoffen, für uns und für dich. Bau bloß keine Scheiße.«

Sanja legte grußlos auf.

Gleich im Anschluss spielte Rautner das zweite aufgenommene Gespräch ab:

»Sanja, hier ist Valentin.«

»Ja Valentin, was gibt's?«

»Du, ich hatte heute Abend Besuch.«

»Lass mich raten. Zwei Männer und eine Frau von der Kripo?«

»Ach, du weißt Bescheid, waren die etwa auch bei dir?«

»Ja! Sie haben viel Wind gemacht, aber nichts Konkretes vorgebracht.«

»Na hör mal, Mord ist doch konkret genug, oder? Was veranstaltet dein schwachsinniger Bruder dort in Unterfranken?«

»Ich habe mit ihm gesprochen. Er sagt, es wäre alles in Ordnung. Mach dich nicht verrückt, wir haben damit nichts zu tun.«

»Trotzdem wirbelt es Staub auf und das ist nicht gut für unsere Geschäfte. Sag ihm, er soll den Ball flach halten, sonst trete ich ihm kräftig auf die Füße.«

»So was in der Art habe ich ihm schon angedeutet.«

»Ich hoffe, er hält sich dran.«

»Warten wir es ab, wir sollten die nächste Zeit ein bisschen vorsichtiger sein, bis der Fall geklärt ist. Pass bei deinen ›Spielchen‹ auf.«

»Werde ich. Kommst du heute noch?«

»Nein, heute nicht, hab wieder was am Laufen.«

[Valentin lacht.] »Na dann, bis bald.«

Die Datei war zu Ende. Rautner und Kollegin Blume schauten Habich erwartungsvoll an. Der zeigte keine Regung und überlegte.

»Haben dir die Gespräche irgendwelche Aufschlüsse gegeben?«, fragte Chris seinen Chef.

»Zumindest so weit, dass sowohl Sanja Suker als auch Valentin Suker direkt nichts damit zu tun haben.«

»Ach ja, ein Fahrzeug, so wie wir es suchen, ist den Frankfurter Kollegen im Umfeld der beiden Sukers nicht bekannt ...«

»Sonst noch was?«

»Ja«, mischte sich Jasmin ein, »wir haben jemanden, der so einen Wagen fährt ...«

»Wollt ihr mich auf den Arm nehmen? Gerade eben sagt Chris, so ein Auto sei bei der Überprüfung nicht gefunden worden, und nun behaupten Sie das Gegenteil. Kann mich mal einer aufklären? Jasmin, Sie vielleicht?«

»Klar doch! Der Mercedes hat nichts mit Frankfurt zu tun. Der Notar Walther fährt so einen. Wir haben unsere Suche ausgeweitet und sind darauf gestoßen«, sagte die junge Kommissarin.

»Gibt es noch mehr, was ich wissen sollte?«

»Nur noch eine Sache: Die Durchsuchung der Anwesen in Albertshofen hat nichts ergeben«, schloss Rautner den Bericht ab.

Einen Moment lang blickte der Hauptkommissar wie abwesend aus dem Fenster, dann hatte er eine Entscheidung getroffen. Entschlossen sah er zuerst Chris und danach Jasmin an.

»Ich will mehr über Dr. Milan Walther wissen. Vorrangig sind dabei die Fragen: War er wirklich auf dem Seminar und wo war er zu den Tatzeiten?« Hauptkommissar Habich erhob sich. »Wir werden den jungen Belling wieder gehenlassen. Ich fahre ihn persönlich nach Hause.«

»Also hältst du ihn für unschuldig?«

»Sagen wir so, ich hege berechtigte Zweifel an seiner Schuld. Falls ihr neue Informationen habt, will ich sie sofort erfahren.« Mit diesen Worten verließ er das Büro.

Fragen über Fragen

Hauptkommissar Habich fuhr gerade auf den Hotelparkplatz, als sein Handy klingelte. Er parkte seinen BMW X3 und nahm dann das Gespräch entgegen. Martin Belling stieg aus, während Habich sitzen blieb. »Ja, ich höre.«

Rautner war dran. »Ein bisschen etwas über den Notar haben wir schon. Also, das mit dem Seminar stimmt. Er ist Mittwochmittag vom Büro aus losgefahren, hat seine Mitarbeiterin mir am Telefon bestätigt. Das Seminar war in Hannover. Ich habe auch die Bestätigung, dass er dort anwesend war. Laut Auskunft des Hotels, in dem diese Fortbildung stattfand, hat Dr. Walther am Sonntag um 10.30 Uhr ausgecheckt. Danach hat er sich noch mit anderen Teilnehmern im Hotelrestaurant getroffen und zu Mittag gegessen. Seine Restaurantabrechnung wurde um 12.45 Uhr gebongt. Das bedeutet, dass er zum Zeitpunkt von Nicole Bellings Vergiftung heimwärts auf der Autobahn unterwegs war. Für alle anderen Tatzeiten müssten wir ihn befragen. Wobei wir ja nicht wissen, wann der Spargelsalat für den ersten Mord am alten Belling präpariert wurde. Außerdem ist er Single, und die zwei letzten Morde sind mitten in der Nacht geschehen. Womöglich sieht es da mit Alibis auch schlecht aus, wenn nicht zufällig jemand bei ihm war.«

»Es ist zum Verrücktwerden«, rutschte es Habich heraus. »Bei allen, die wir überprüfen, gibt es einen Punkt, der nicht passt oder der sie entlastet. Auf jeden Fall werde ich Dr. Walther persönlich nach den Alibis fragen.«

Der Hauptkommissar erkundigte sich kurz noch nach dem Befinden von Claudia Kramer, ehe er sich auf den Weg nach Kitzingen in die Kanzlei machte.

Die freundliche blonde Dame nahm ihn wieder in Empfang. Bevor Habich etwas sagen konnte, ertönte hinter der zweiflügeligen Tür eine laute weibliche Stimme. Der Tonlage nach zu urteilen eindeutig aufgebracht. Eine männliche Stimme versuchte im ruhigeren Tonfall auf die Frau einzuwirken, was aber nicht zu funktionieren schien. Lautstärke und Erregung nahmen eher noch zu. Es war aber nicht zu verstehen, worum es ging. Nur einzelne Wortfetzen wie »mich benutzt«, »eine Abmachung« oder »auch für dich getan« glaubten die beiden Zuhörer zu verstehen. Die Kanzleimitarbeiterin lächelte freundlich und schien die Auseinandersetzung im Büro ihres Chefs zu ignorieren.

»Herr Hauptkommissar Habich, wenn ich das richtig in Erinnerung habe, stimmt's?«

Wieder kam Habich nicht dazu, etwas zu sagen, weil im gleichen Moment die beiden Türflügel aufgestoßen wurden und eine junge Frau hinausstürmte. Habich konnte gerade so ihr schmales Gesicht und die dunklen Augen erkennen, dann hatte sie die Kanzlei verlassen. Er überlegte, dass er die zierliche Frau mit den schulterlangen schwarzen Haaren von irgendwoher kannte.

»Du lieber Gott, das war ja ein halber Tornado, der hier durchgefegt ist«, scherzte Habich. »Eine sehr temperamentvolle Mandantin.«

Seine Vermutung wurde mit Kopfschütteln und einem vielsagenden Blick verneint.

»Also keine Mandantin«, stellte Habich fest. »Woher kenne ich die Frau nur?«, überlegte er laut.

»Stefanie Rademann, die Tochter der Rademann GmbH. Ihr Vater ist ein Mandant von uns.«

»Richtig, jetzt erinnere ich mich wieder.« Er war der jungen Frau an dem Sonntag bei den Bellings ganz kurz begegnet, als man Nicole tot aufgefunden hatte. Sie war eine Schulfreundin von Claudia Kramer, fiel es Habich jetzt wieder ein. »Ist es eine Bekannte ... oder eine Freundin von Ihrem Chef?«, versuchte der Hauptkommissar in Erfahrung zu bringen. Oft waren die engen Mitarbeiter bestens über ihren Brötchengeber informiert.

Die Blondine wiegte den Kopf hin und her. »So genau lässt sich das nicht sagen.« Sie senkte ihre Stimme. »Ich glaube, sie haben ein Verhältnis, aber nichts Ernstes. Wenigstens nicht von Seiten meines Bosses, wenn Sie verstehen, was ich meine.« Verschwörerisch zwinkerte sie Habich zu. Er wusste, was sie meinte, es gab auch noch andere.

»Arbeitet sie hier?«

»Nein, nein, Fräulein Rademann arbeitet, soweit ich weiß, als Laborantin beim Bayerischen Landesamt für Gesundheit und Lebensmittelsicherheit in Würzburg.«

In diesem Moment erklang eine weitere Stimme: »Herr Hauptkommissar, Sie wollten zu mir?« Genauso elegant wie beim letzten Mal stand Dr. Walther in der Tür. Diesmal im dunklen Anzug.

»Ja, ich hätte noch ein paar Fragen an Sie.«

»Bitte!«, bat der Notar den Kripobeamten in sein Büro. »Was haben Sie für Fragen?«

»Warum haben Sie mir bei meinem ersten Besuch nichts über die Sacro-Invest GmbH und deren Kaufinteresse an Heinz Bellings Geschäften erzählt?«, fragte Habich, während er Platz nahm.

Der Notar zögerte kurz, bevor er sich setzte. »Oh, ich hab dem keine Bedeutung zugemessen. Die Sache ist doch hinfällig.«

»Dr. Walther, diese Entscheidung sollten Sie der Polizei überlassen. Ihnen als Anwalt sollte ich das eigentlich nicht erzählen müssen.«

»Tut mir leid, aber ich habe wirklich nicht angenommen, dass es für den Fall relevant ist.«

»Haben Sie uns noch mehr verschwiegen?«

»Ich wüsste nicht, was.«

»Zum Beispiel, dass Sie verwandtschaftliche Beziehungen mit Sacro-Invest verbinden ...«

»Na und.«

»... und Sie damit mehr als das übliche Interesse an diesem Geschäft hätten haben können.«

»Das ist doch Unsinn.«

»Für mich keineswegs und für Ihre Verwandtschaft in Frankfurt womöglich auch nicht«, machte Habich eine Andeutung im Bezug auf das Telefonat, ohne sich näher zu erklären.

»Was meinen Sie damit?« Der Notar wirkte einen Augenblick lang leicht irritiert.

Der Hauptkommissar ging auf die letzte Frage gar nicht ein. »Fahren Sie noch Ihr dunkles Mercedes-E-Klasse-Coupé.«

»Ja, warum?«

»Ach, nur so. Das Auto gefällt mir«, lächelte Habich.

Der Notar runzelte die Stirn. »Herr Hauptkommissar, können Sie mir sagen, worauf dieses seltsame Gespräch hinausläuft?«

»Aber natürlich! Wir überprüfen alle, die im Entferntesten

mit der Familie Belling in Verbindung standen. Also damit auch die Firma Ihrer Schwester, Ihren Cousin und natürlich Sie. Daher meine nächste Frage: Wo waren Sie zu den Tatzeiten?« Habich nahm einen Notizblock zur Hand und las die entsprechenden Zeiträume vor.

»Das meinen Sie jetzt aber nicht ernst? Sie wollen von mir Alibis haben? Verdächtigen Sie mich etwa?«, entrüstete sich der Notar.

»Ach, Herr Dr. Walther, Sie kennen doch dieses Prozedere, das wir betreiben«, versuchte der Hauptkommissar ihn zu besänftigen. »Wenn wir keinen konkreten Verdacht haben, müssen wir nach dem Ausschlussprinzip vorgehen. Also wird jeder überprüft, der eventuell infrage kommt..«

»Ich finde es trotzdem ein bisschen weit hergeholt, aber bitte.« Er überlegte kurz und schüttelte dann den Kopf. »Tut mir leid, für die nachtschlafenden Zeiten der letzten beiden Morde habe ich kein Alibi. Ich lebe allein und war dementsprechend auch allein zuhause. An dem Sonntag, als Nicole Belling starb, war ich unterwegs ...«

»Das wissen wir bereits.«

»... und bei Belling senior wird es auch nicht anders gewesen sein. Zumal es da keine exakte Tatzeit gibt.«

»Ich muss noch mal auf das Angebot von Sacro-Invest zurückkommen. Das haben Sie doch eingefädelt, oder?«

»Richtig! Heinz Belling kam damals zu mir und spielte mit dem Gedanken, in betrieblicher Hinsicht einige Veränderungen vorzunehmen, unter anderem eben auch die Überlegung, zu verkaufen. Da habe ich ihm von der Firma Sacro-Invest erzählt. Er war einverstanden, dass ich den Kontakt herstellen sollte, und so ist es dann gekommen.«

»Wusste er, dass es Verwandtschaft von Ihnen ist?«

»Nein, ich glaube nicht. Ich habe es Herrn Belling jedenfalls nicht gesagt.«

»Warum nicht?«

»Es ging um ein Geschäft. Dabei spielen private oder familiäre Bande keine Rolle.«

»Okay, das war's fürs Erste. Mehr wollte ich eigentlich nicht wissen.« Habich verabschiedete sich.

Bevor er die Kanzlei verließ, stoppte er kurz bei der Blondine, die ihn fragend anschaute. Verschwörerisch beugte er sich weit über den Schreibtisch zu ihr hinüber. Beinahe wurde Habich durch einen tiefen Blick in den Ausschnitt abgelenkt, aber dann besann er sich.

»Mal ganz im Vertrauen, Frau ... Frau ... Wie heißen Sie überhaupt?«

»Ich heiße Claus mit C ... wie Cäsar, Melanie Claus.«

»Schön, Frau Claus, also mal so unter uns. Wissen Sie ungefähr, wie lange das mit Ihrem Chef und der Rademann schon geht?«

Ohne zu überlegen antwortete die Blondine. »Seit knapp zwei Jahren. Zumindest begannen da die Anrufe von ihr hier im Büro und erste vereinzelte Besuche.«

»Prima, danke, Frau Claus.«

Im Wagen auf dem Parkplatz blieb Habich minutenlang ruhig sitzen. In seinem Kopf entwickelte sich so langsam eine etwas andere Theorie hinsichtlich der Mordmotive. Er nahm sein Handy zur Hand, ließ sich über die Auskunft eine Nummer geben und gleich verbinden. Am anderen Ende meldete sich eine Frauenstimme.

»Hier ist Hauptkommissar Habich von der Kripo Würzburg. Könnte ich Herrn Rademann senior sprechen?«

»Moment bitte.«

Er hörte mehrere Sekunden einen Musikton, während er weiterverbunden wurde.

»Grüß Gott, Herr Hauptkommissar«, meldete sich der Firmenchef. Die Sekretärin hatte ihn in Kenntnis gesetzt, wer am Telefon war. »Sie wollen mich sprechen?«

»Ja, mir ist noch etwas eingefallen, was ich Sie fragen wollte. Sie haben mir in unserem Gespräch vor mehreren Tagen erzählt, dass nur Ihre Familie von dem Angebot wusste ...«

»Genau!«

»Und von Bellings Seite sagten Sie, es wusste außer ihm niemand, da er mit keinem darüber gesprochen hätte ...«

»Kann sein, dass ich es so gesagt habe.«

»Meine Frage lautet: Woher erfuhren Sie überhaupt, dass Heinz Belling die Absicht hatte zu verkaufen?«

Für einen kurzen Augenblick war Stille am Telefon. »Von meiner Tochter Stefanie. Sie kam eines Tages nach Hause und erzählte, sie hätte erfahren, Belling wolle seine Betriebe verkaufen. Eigentlich war es ihr Wunsch, mitzubieten. Sie wollte nicht, dass alles in fremde Hände ging. Sie treibt sich so oft dort in Albertshofen rum, ich habe das Gefühl, sie hat selbst Interesse an den Betrieben.«

»Aber wie kam sie an die Information mit dem Verkauf, wenn doch, wie Sie behaupten, Heinz Belling mit niemandem darüber gesprochen hat?«

»Stimmt, jetzt wo Sie es sagen, fällt es mir auch auf. Ich muss meine Tochter mal danach fragen.«

»Nein, nein, lassen Sie nur, ist schon gut. Nur noch ganz kurz. Wie sind Sie dann vorgegangen? Haben Sie den alten Belling direkt angesprochen?«

»Nicht direkt. Ich habe Wochen später so ›ganz zufällig‹

das Thema darauf gebracht. Wir haben über Nachfolge im Betrieb gesprochen und was mal mit seinen Unternehmen wird. Plötzlich hat er selbst vom Verkaufen angefangen und ich habe mein Interesse gezeigt. Na ja, und dann begannen wir zu verhandeln.«

»Vielen Dank, Herr Rademann, das war's eigentlich schon, was ich wissen wollte.« Habich trennte die Verbindung und blieb erneut gedankenversunken in seinem Auto sitzen. Er wurde durch den Klingelton seines Handys aufgeschreckt. Kommissar Rautner war am Telefon.

»Hallo Chris, habt ihr was Neues?«

»Kommst du heute noch in die Dienststelle?«

»Das bezweifle ich. Warum, was ist los?«

»Die Spurensicherung hat doch nach der Ermordung von Franz Belling die Geschäftsunterlagen aus dem Arbeitszimmer mitgenommen, weil der Mörder ja angeblich dort etwas gesucht oder gefunden hat ...«

»Ja, ich weiß.«

»Ein Kollege, der sich mit den Unterlagen befasste, hat nun etwas entdeckt. Im Gemüseanbau ist bei den Finanzen manipuliert worden. Es ist jetzt zu kompliziert, dir das im Detail zu erklären. Auf jeden Fall hat der Kollege einen Verdacht. Thanner hatte sich vermutlich an Firmengeldern bedient, weil er zu dem Zeitpunkt schon der neue Verantwortliche war. Die Auffälligkeiten beginnen nämlich drei bis vier Monate, nachdem Matthias Thanner die Führung übernommen hatte, und haben vor etwa zwei Monaten aufgehört.«

»Was hat das jetzt wieder zu bedeuten? Diese Tatsache lässt sich nicht wirklich irgendwie einordnen, oder was meinst du, Chris?«

»Vielleicht haben wir hier etwas aufgedeckt, was mit den

Morden nichts gemeinsam hat. Passt im Moment nicht ins Schema. Aber was passt da schon im Moment rein? Eigentlich nicht viel«, stellte Rautner fest.

»Das will ich nicht sagen. Wir haben bisher nur falsch gedacht. Okay, wir sehen uns morgen früh im Büro.« Habich legte auf und startete seinen Wagen. Er schlug nicht den Heimweg, sondern den Weg zum Hotel »Mainblick« ein. Ihm war in den Sinn gekommen, noch mal nach Claudia Kramer zu sehen und wenn möglich mit ihr zu sprechen.

Trotz der ganzen Ereignisse rund um die Familie Belling war das Hotel geöffnet und auch die Spargelernte musste weitergehen. Diesen Teil hatte Rudi, der dienstälteste Mitarbeiter, kommissarisch übernommen. Im Hotel war das Personal so gut eingespielt, dass der Betrieb auch ohne Claudia funktionierte. Die hielt sich immer noch auf ihrem Zimmer auf, war aber mittlerweile ansprechbar. Die Wirkung der Beruhigungsspritze hatte nachgelassen. Sie saß auf der Bettkante und wirkte schon wieder ganz gefasst. Martin leistete der jungen Frau Gesellschaft, als Habich den Raum betrat.

»Hallo Frau Kramer, ich sehe, es geht Ihnen wieder besser.«

»Danke der Nachfrage. Ich bin durch die Medikamente noch ein bisschen wacklig auf den Beinen.«

»Aber ein paar Fragen werden Sie mir doch beantworten können?«

Statt Claudia antworten zu lassen, mischte sich Martin Belling ein. »Muss das denn heute sein? Hat es nicht bis morgen Zeit? Sie sehen doch, das Frau Kramer noch schwach ist.«

»Martin, lassen Sie nur. Es ist schon in Ordnung.«

»Keine Angst, Herr Belling, ich werde die junge Dame

schon nicht überfordern. Ich würde das Gespräch gerne unter vier Augen führen«, sagte Habich freundlich und forderte damit gleichzeitig den jungen Mann auf, das Zimmer zu verlassen. Dieser warf einen letzten liebevollen Blick auf Claudia, bevor er ging.

»Also bitte, Herr Hauptkommissar, fragen Sie.«

»Ich möchte etwas mehr über Ihre Freundin Stefanie Rademann erfahren?«

»Wieso? Wird *sie* jetzt verdächtigt?«

Habich suchte nach Worten. »Frau Kramer, wenn Sie so wollen, ist erst mal jeder aus dem näheren oder weiteren Umfeld eines Opfers verdächtig, bevor wir ihn nicht ausgeschlossen haben. Anders herum ist aber keiner schuldig, bevor wir ihm nicht seine Schuld nachweisen können«, klärte der Kommissar sie auf.

»Was genau wollen Sie wissen?«

»War Frau Rademann an dem Dienstag vor vierzehn Tagen hier? Sie erinnern sich? Das ist der Tag, bevor Heinz Belling starb.«

»Ja, ich erinnere mich, und ja, sie kam nach Feierabend vorbei. Dafür gab es auch einen Grund. Sie hatte nämlich von mir erfahren, dass die Kinder unseres Chefs an diesem Tag eintreffen sollten, und die wollte sie sehen. Es war reine Neugier von ihr, vermute ich mal. Gut, sie war sowieso oft hier im Hotel bei mir. Auch unter der Woche.«

»Das ist aber die letzten Tage nicht mehr der Fall«, stellte Habich fest.

»Na ja, es hat da einige Unstimmigkeiten zwischen uns gegeben.«

»Dazu kommen wir später. Wusste sie um die Angewohnheit von Heinz Belling mit dem Spargelsalat in der Frühe?«

»Ja! Sie hat darüber mal gesagt: ›Wie kann man denn so was in aller Herrgottsfrühe schon essen?‹, obwohl sie selbst Spargel mag.«

»Weiß sie auch, wo der Spargel aufbewahrt wurde?«

»Ich denke schon. Sie ist hier wie zuhause und kennt sich dementsprechend in Küche und Kühlraum aus.«

»Wie war es an dem Sonntag, als Nicole Belling starb? Sie haben in einer früheren Vernehmung gesagt, Frau Rademann wäre auch anwesend gewesen und hätte hier zu Mittag gegessen.«

»Richtig! Wir haben uns jeder eine Portion zu essen aus der Küche geholt und sind dann rüber in meine Wohnung.«

»Hätte sie da die Möglichkeit gehabt, an fremde Speisen zu kommen?«

»Theoretisch ja, wenn diese fertig zum Abholen in der Küche oder vielmehr in der ›Durchreiche‹ gestanden hätten ...« Claudia stockte in ihrer Rede.

»Was haben Sie?«

»Mir fällt da gerade etwas ein. Ich kann mich darauf besinnen, dass unser Koch, als wir in der Küche waren, gerufen hat: ›Das Essen für die Herrschaften im Hinterzimmer‹. Und in diesem Raum waren zu der Zeit nur die drei Geschwister. Ich habe aber nicht weiter darauf geachtet, weil ich für Stefanie und mich eine Portion Essen vorbereitet habe. Daher kann ich Ihnen auch nicht sagen, was Stefanie derweil gemacht hat.« Claudia überlegte. »Ich bin mir nicht ganz sicher, aber ich glaube, als ich aus der Küche kam, stand Stefanie an der ›Durchreiche‹ und wechselte einige Worte mit einer der Bedienungen.«

»Was halten Sie von Ihrer Freundin?«

Claudia wurde still und nachdenklich. Sie suchte nach

den richtigen Worten. »Ich kenne sie seit der Schulzeit. Eigentlich dachte ich, wir wären gute Freundinnen ...«

»Aber?«

»Aber in der letzten Zeit kamen mir immer mehr Zweifel. Ich fühlte mich ausgenutzt. So lange wie ich hier arbeite, kommt Stefanie mich schon besuchen, und das mehrmals die Woche. Sie geht hier ein und aus. Der Senior-Chef hat nie auch nur ein Wort dazu gesagt. Stefanie isst und trinkt hier mit, ohne einen Cent zu zahlen. Gut! Hin und wieder hat sie schon mal kurzfristig ausgeholfen, aber das kann ich an beiden Händen abzählen. Wir haben immer viel miteinander unternommen. Auch, als ich mit Matthias zusammen war. Irgendwie hat Stefanie sich in unser Verhältnis gequetscht, ohne dass ich es anfänglich bemerkte oder bemerken wollte. Mit der Zeit wurde ich plötzlich misstrauisch, weil sie sich immer mehr auf Matthias fixierte. Die beiden haben auch alleine etwas unternommen, wenn ich Dienst hatte. Ich habe Matthias vertraut, bin mir aber jetzt zum Schluss nicht mehr so sicher gewesen, ob da nicht doch irgendetwas zwischen den beiden war.«

Der Hauptkommissar überlegte, ob er der jungen Frau von dem Verdacht gegen Matthias wegen der Finanzen erzählen sollte, entschied sich aber dagegen. Noch war es nur ein Verdacht oder eine Vermutung. Ob seine Kollegen noch mehr Beweise gegen Thanner finden würden und ob sich damit der Verdacht bestätigen würde, war bis zum jetzigen Zeitpunkt noch nicht klar.

»Ist es zu viel verlangt, wenn ich noch ein bisschen mehr über Ihre Beziehung zu Herrn Thanner wissen möchte?«

Die junge Frau atmete tief ein und aus, so als wenn sie sich von etwas befreien wollte. »Ist schon okay, fragen Sie nur.«

»Ach, ich wollte nur ganz allgemein wissen, was er für ein Mensch war.«

»Hmm, hätten Sie mich das vor ein oder zwei Monaten gefragt, hätte ich vermutlich etwas anderes gesagt als heute. Er war liebevoll, aufmerksam und ich habe ihm vertraut ...«

»Was hat sich geändert?«

»... bis er anfing sich zu wandeln. Er wurde schweigsam und verschlossen. Wenn ich ihn fragte, was los sei und warum er nicht mehr mit mir über alles rede, wurde er plötzlich gereizt. Ich habe gespürt, dass da ein Problem war, das er mit sich herumschleppte, nur sagen wollte er partout nichts. Sie können sich vorstellen, dass aus meiner Enttäuschung so langsam Frust wurde. Mit einem Partner, der sich nicht anvertrauen kann, mit dem kann ich auf Dauer nicht zusammenleben. Daher habe ich schließlich, nach einem letzten Versuch meinerseits vor einigen Tagen, eine Trennung vollzogen und kampiere deswegen hier.« Jetzt musste sie doch mit den Tränen kämpfen. »Ich weiß wirklich nicht, was in Matthias gefahren ist. So wie zuletzt habe ich ihn noch nie erlebt. Er war wie ein anderer Mensch. Ich habe keine Ahnung, ob das an Stefanie lag, an mir oder an etwas ganz anderem.«

Gleich darauf war es mit der Beherrschung vorbei. Sie schluckte und schluchzte. Schließlich ließ sie den Tränen freien Lauf.

Martin hatte vor der Tür gestanden und ihr Weinen gehört. Ohne Vorwarnung stürmte er ins Zimmer und fauchte Habich empört an.

»Sehen Sie nur, was Sie gemacht haben. War das notwendig, Frau Kramer so aufzuregen? Ich denke, wir machen jetzt Schluss, sonst muss ich erneut den Doktor holen.« Bei den Worten setzte er sich zu Claudia aufs Bett, nahm sie in den Arm und reichte ihr ein Taschentuch.

Habich lächelte und beobachtete die beiden. Deutlicher kann ein Mann seiner Art keine Gefühle zeigen, dachte er mit einem Blick auf den jungen Belling. Ohne sich weiter um die zwei zu kümmern, verließ er das Zimmer. Ihm reichte, was er gehört hatte. Unverzüglich stieg er in sein Fahrzeug und machte sich auf den Weg in den Feierabend.

Schlussfolgerungen

Ausgeschlafen und voller Elan betrat Hauptkommissar Habich das Büro. Der Duft von frisch gebrühtem Kaffee schlug ihm entgegen. Jasmin hatte sich heute des morgendlichen Rituals angenommen. Sie schenkte sofort eine Tasse ein und reichte sie ihrem Chef.

»Schwarz und stark, bitte schön.«

»Das ist immer das Beste am Morgen. Wenn der Kaffee fehlt, kann der Tag nichts werden.«

»Oh toll, bekomm ich auch eine?« Rautner war gerade reingekommen.

»Hier ist Selbstbedienung.«

»Schade, mit hübschem Service schmeckt das schwarze Elixier besser.«

»Es reicht doch wohl, dass ich den Kaffee gemacht habe.«

»Na, für so einen lieben Kollegen wie mich könnte man doch schon mal eine Handreichung machen«, grinste Chris unverschämt.

»Lieber Kollege! Dass ich nicht lache. Ich habe Ihnen Ihre Späßchen und losen Sprüche noch nicht verziehen.«

Habich schlürfte seinen Kaffee, während er dem Geplänkel zuhörte. Er musste schmunzeln. Die junge Kollegin ließ sich von Rautner nichts gefallen, was wiederum Habich gefiel. Unauffällig musterte er Jasmin. Sie passte eigentlich ganz gut ins Team und hatte sich schon bestens eingewöhnt.

»So, habt ihr jetzt eure Aufwärmphase beendet? Können wir uns nun unserer Aufgabe widmen?«, rief er die beiden zur Ordnung. »Habt ihr gestern noch etwas über Dr. Walther in Erfahrung gebracht?«

»Ich hab mir seine Finanzen angeschaut. Dem Herrn geht es finanziell blendend. Unser Notar ist ein Schlitzohr.«

»Warum?«

»Weil er ordentlich in seine eigene Tasche wirtschaftet und nicht nur für Sacro-Invest arbeitet.«

»Verstehe ich jetzt nicht ganz.«

»Dr. Walther besitzt selbst ein Mietshaus in Würzburg. Ich habe mit dem Vorbesitzer gesprochen. Auch da hat die Sacro-Invest ein Angebot gemacht und Dr. Walther hat seine eigene Schwester überboten. Ist für ihn ja kein Problem, da er einerseits als Vermittler für die Investmentfirma auftritt, gleichzeitig aber auch für sich selbst. Er kennt natürlich das Angebot von Sacro-Invest und kann dadurch locker sein eigenes danach gestalten. So hat er Sanja Suker vermutlich schon manches Geschäft weggeschnappt, ohne dass sie etwas davon weiß.« Der Hauptkommissar hörte Rautners Bericht gespannt zu. »Ein besonderes Vorkommnis gibt es noch. Der Notar hat vorgestern einhunderttausend Euro abgehoben.«

»Wissen wir wofür?«

»Nein! Vielleicht will er mal ausgiebig shoppen gehen«, scherzte Rautner. »Mit der richtigen Frau an der Seite kriegt man das Geld schon unter die Leute.«

»Wurde eigentlich das Originalangebot der Sacro-Invest bei Bellings Unterlagen gefunden?«

»Nein!«

»Überhaupt irgendein Schreiben der Investmentfirma?«

»Nein!«

»Ein zweites oder drittes Angebot eines Mitbieters?«

»Nein!«

»Warum gibt es überhaupt keine Unterlagen und keinen Schriftverkehr über diese Verkaufsaktivitäten? Die ganze Sache ging schließlich fast über zwei Jahre. Da schreibt man sich, fragt nach, verhandelt weiter, ändert vielleicht den Preis. In dieser Größenordnung will man doch was Schriftliches haben. Heinz Belling war viel zu clever und routiniert, um Gebote nur mündlich zu akzeptieren, denk ich mir so.«

»Kann doch sein, dass er die Unterlagen vernichtet hat, nachdem er es sich anders überlegt hatte.«

»Wäre theoretisch möglich, aber das bezweifle ich.«

»Wieso ist dir das so wichtig?«

»Ich mach mir immer noch Gedanken über diese ganze Angelegenheit mit dem geplanten Verkauf und dass es nur eine zufällige Kopie des Kaufangebotes der Sacro-Invest gibt. Wenn der alte Belling seinem Geschäftspartner Rademann das Angebot nicht schwarz auf weiß unter die Nase gehalten hätte, hätten wir womöglich nie davon erfahren.«

»Warum auch? Der Kauf ist schließlich nicht zustande gekommen.«

»Genau *das* hat Bedeutung. Weil der Kauf nicht zustande kam. Was wäre, wenn jemand diese Entscheidung nicht akzeptieren wollte?«

»Ahh ... ich weiß, was du meinst. Aber so, wie es aussieht, haben wir keinen Beweis, dass die Sukers etwas damit zu tun haben. Die Telefonate beweisen sogar das Gegenteil und entlasten sie damit.«

»Ich meine auch nicht die beiden. Überleg mal, was du mir eben erst berichtet hast.«

»Natürlich!«, schaltete sich Jasmin ein. »Sie meinen Dr. Walther selbst. Klar! Vielleicht hat er diesmal auch Interesse gezeigt und mitgeboten. Und zwar mit so viel

Interesse, dass er den Rückzieher von Heinz Belling nicht akzeptieren wollte. Alle, die gestorben sind, hatten nicht oder nicht mehr vor zu verkaufen.«

Kommissar Rautner schüttelte heftig den Kopf. »Bei der Überlegung ist aber ein Haken dabei. Wir haben schließlich den eindeutigen Beweis, dass er mit dem Tod von Nicole Belling nichts zu tun haben kann. Dafür hat er ein felsenfestes Alibi.«

Habich nickte. »So weit stimme ich dir zu. Nur weißt du Dinge noch nicht, die ich weiß.«

»Und das wäre?«

»Der Notar hat ein Verhältnis mit Stefanie Rademann, der Freundin von Claudia Kramer. Außerdem habe ich gestern mit Stefanies Vater telefoniert. Die Idee der Rademanns, bei dem Verkauf mitzumischen, kommt von der Tochter. Der Senior hat mir erzählt, nicht er oder sein Sohn, sondern Stefanie hätte Interesse an der Übernahme der Belling'schen Betriebe gezeigt. Warte noch!«, stoppte Habich seinen Kollegen, der etwas sagen wollte. »Und es gibt noch einen weiteren wichtigen Punkt, den ich erfahren habe. Diese Stefanie Rademann arbeitet im Labor des Bayerischen Landesamtes für Gesundheit und Lebensmittelsicherheit. Was wiederum mit hoher Wahrscheinlichkeit bedeutet, dass sie sich garantiert auch mit der Wirkung des ›Blauen Eisenhutes‹ auskennt. Moment, Chris, ich bin noch nicht fertig.« Wieder wollte Rautner ihm ins Wort fallen, was der Hauptkommissar verhinderte. »Zu guter Letzt habe ich noch einmal mit Claudia Kramer gesprochen. Die hat mir bestätigt, dass ihre Freundin an dem Dienstag vor Heinz Bellings Ableben und an dem Tag der Ermordung von Nicole jeweils im Hotel anwesend war. Jetzt bist du dran.«

»Ist ja alles schön und gut, aber glaubst du wirklich, dass Stefanie vier Menschen ermordet hat, um an die Betriebe zu kommen? Und es gibt noch mehr Fakten, die dagegensprechen.« Chris griff nach einer Mappe, öffnete sie und blätterte darin, bis er die richtige Seite fand. Dann legte er die geöffnete Mappe vor Habich und zeigte mit dem Finger auf den Text. »Das ist der Bericht der Gerichtsmedizin zum Tod von Franz Belling. Unser Doc hat festgestellt, dass die Tatwaffe dermaßen tief im Rücken des Opfers steckte, dass es dazu einer gewissen körperlichen Stärke bedurfte. Stefanie ist eine zierliche Person. Sie könnte die Kraft zu so einem Stoß gar nicht aufbringen.«

»Ach, sieh mal da, diese Theorie hab ich schon mal aufgestellt und da wurde ich von Ihnen belächelt. Jetzt haben wir die Bestätigung«, wandte sich Jasmin mit siegessicherem Blick an den Kollegen Rautner. Der presste die Lippen zusammen und verkniff sich einen Kommentar.

»Hmm«, brummte der Hauptkommissar in Gedanken, während Rautner erneut Unterlagen durchblätterte und sie vor Habich ausbreitete.

»Hier haben wir den Obduktionsbericht von Matthias Thanner. Sein Körper weist deutliche Anzeichen von Schlägen auf. Im Rückenbereich genauso wie an den Beinen und am Kopf. Der Mann ist zuerst mit irgendetwas systematisch verprügelt worden. Eventuell, um etwas von ihm zu erfahren. Erst dann hat man ihn erschossen. Ich vermute mal, dass er trotz der Blessuren versucht hat zu flüchten. Die beiden Kugeln steckten schließlich im Rücken. Kannst du dir wirklich vorstellen, dass diese Frau so gewalttätig sein kann und dann noch eiskalt abdrückt?«

Hauptkommissar Habich sah von den Schriftstücken auf.

»Täusche dich mal nicht, zu was Frauen alles fähig sind.« Er wiegte den Kopf hin und her. »Aber in diesem Fall denke ich auch eher nicht. Oder was meinen Sie, Jasmin?«

»Vom Bauchgefühl her würde ich auch dazu tendieren. Die letzten beiden Morde sind nicht von einer Frau begangen worden, die Giftmorde dagegen hätten durchaus ...«

»Hätte, wenn und aber. Ist ja alles schön und gut. Bauchgefühle und Vermutungen nützen uns wenig«, unterbrach Habich plötzlich. »Diese ganzen Mutmaßungen bringen uns nicht viel weiter. Beweise müssen her.«

Als Antwort auf seinen Wunsch ging die Tür auf und ein Kollege der Spurensicherung trat ein. In der Hand hielt er einen Laptop. Erwartungsvoll schauten ihn die drei an.

»Ich hoffe sehr, dass es Neuigkeiten gibt, die uns weiterbringen«, empfing ihn der Hauptkommissar.

»Ja, die gibt es in der Tat.« Der Kollege stellte den Laptop auf den Tisch und klappte ihn auf. Während er die Tastatur bearbeitete, erklärte er: »Das ist das Gerät von Matthias Thanner. Wir haben uns den Laptop mal näher angeschaut und siehe da, wir fanden in einem passwortgeschützten Bereich eine Datei. Eigentlich keine Datei, sondern ein Word-Dokument.«

»Und was ist damit?«

Der Kollege deutete auf den Bildschirm. »Da ist das Dokument, lest selbst.«

Alle drei drängten sich davor. Während sie die Zeilen überflogen, fielen Ausdrücke wie »Sapperlot«, »der Hammer« oder »Wahnsinn«. Es war die digitale Form der schriftlichen Aussage Thanners zu den Geschehnissen, die zum Tod Franz Bellings führten. Außerdem gestand er seine Trickserei mit den Firmengeldern und die Erpressung.

Der Mitarbeiter der Spurensicherung erklärte weiter: »Dadurch ergibt auch eine andere Spur einen Sinn. Wir hatten im Hof des Anbaubetriebs einen kleinen angebrannten Schnipsel Papier gefunden. Darauf konnten wir noch drei Worte erkennen. Sie gehören zu dem Text auf dem Laptop. Der Mörder hat die gedruckte Version verbrannt. Wahrscheinlich wurde Thanner verprügelt, damit er das Schriftstück herausgab.«

»Na endlich ein Durchbruch«, seufzte Rautner. »Was machen wir als Erstes? Holen wir uns den Notar her oder hast du etwas anderes im Sinn?« Die Frage war an den Hauptkommissar gerichtet.

Habich sah entschlossen von einem zum anderen. Dann nickte er zu seiner Entscheidung, die bisher außer ihm noch keiner kannte.

»Jetzt ... jetzt hab ich erst mal ein paar Gänge zu erledigen«, sagte Habich. »Zuerst setze ich unseren Chef, Kriminaloberrat Schössler, über die neuen Fakten ins Bild. Dann ... dann hoffe ich, dass er mir hilft, den Richter von der Notwendigkeit zu überzeugen, dass wir bei Milan Walther und Stefanie Rademann Hausdurchsuchungen durchführen dürfen. So langsam bin ich fest davon überzeugt, dass die beiden das gemeinsam geplant haben und jeder seinen Teil dazu beigetragen hat. Bei Dr. Walther sprechen die Indizien dafür, dass er die beiden letzten Morde begangen hat. An Beweisen gegen die Rademann sieht es im Moment noch dürftig aus.«

Nach den letzten Worten verschwand er aus dem Büro. Keine halbe Stunde später war er schon wieder da. Erwartungsvolle Blicke von Jasmin und Chris empfingen ihn. Er wedelte mit den Durchsuchungsbeschlüssen. »Auf, auf, es gibt Arbeit«, scheuchte er die beiden hoch.

»Wie wollen wir vorgehen?«, fragte Rautner.

»Wir teilen uns auf. Du fährst zu den Rademanns«, dabei deutete er auf seinen jungen Kollegen. »Ich fahre mit Jasmin zum Notar. Zuerst nehmen wir uns die Kanzlei und anschließend die Privatwohnung vor.«

Der Notar war über die Behandlung empört, die Rademanns dagegen waren über den Verdacht gegen ihre Tochter entsetzt. Die Hausdurchsuchungen brachten mehr oder weniger schnell den gewünschten Erfolg. Bei Milan Walther fanden die Beamten den schwarzen Rucksack mit dem Geld. Der Notar war noch nicht dazu gekommen, die Summe wieder einzuzahlen. Außerdem fiel den Polizisten ein Baseballschläger in die Hand, der als Tatwaffe für die Schläge an Matthias Thanner infrage kam. Zu guter Letzt kam in einem Versteck in der Garage Walthers eine Pistole der Marke SIG Sauer P226, Kaliber 9 mm zum Vorschein. Alles wurde sofort nach Würzburg gebracht, um es untersuchen zu lassen. Auf Grund der Funde ordnete Habich an, den Notar gleich mit zum Verhör zu nehmen.

In der Wohnung von Stefanie Rademann schienen die Beamten anfänglich keinen Erfolg zu haben. Erst ganz zum Schluss erregte der Inhalt eines kleinen Apothekenschränkchens ihre Aufmerksamkeit. Darin stand neben Pflaster, Salben und Cremes im hintersten Eck ein Fläschchen mit einer unbekannten Tinktur. Alles fand seinen Weg in die Gerichtsmedizin zu einer toxologischen Untersuchung. Derweil war Rautner auf dem Weg zu Stefanies Arbeitsstelle, um sie zum Verhör abzuholen.

*

Im selben Zimmer, auf demselben Stuhl, auf dem tags zuvor Martin Belling gesessen hatte, saß nun der Notar Dr. Milan Walther mit versteinertem Blick und vor der Brust verschränkten Armen. Der Hauptkommissar wandte die gleichen Verhörmethoden an wie am Vortag beim jungen Belling. Die gleichen psychologischen Spielchen. Wie Kontrahenten beäugten sich Habich und Walther zuerst eine Weile lang wortlos. Es wirkte wie ein Durchhaltevermögentest, wer wohl die größere Geduld besaß und wer anfangen würde zu reden. Habich blätterte schließlich gelangweilt in seinen Unterlagen.

»Wie lange soll das noch so weitergehen?«, fragte der Notar schließlich ungeduldig.

»Bis Sie etwas sagen. Ich habe Zeit«, sagte Habich und richtete sich auf.

»Und was soll ich sagen?«

»Ach kommen Sie, tun Sie nicht so. Sie wissen genau, worum es geht. Drüben in einem anderen Raum sitzt Stefanie Rademann und erzählt meinem Kollegen gerade alles«, versuchte Habich den Notar aus der Reserve zu locken.

»Na dann brauchen Sie mich ja nicht«, antwortete Walther und versuchte dabei cool zu wirken.

»Doch! Nämlich für die Details, die Ihren Part bei diesem mörderischen Wahnsinn betreffen.«

»Von welchem Part sprechen Sie?«

»Dem irrsinnigen Plan, die Betriebe des alten Belling zu übernehmen und dabei Morde in Kauf zu nehmen.«

»Sind Sie verrückt? Was wollen Sie mir da anhängen?«, brauste der Notar auf.

»Ich würde an Ihrer Stelle nicht so selbstsicher sein. Wir wissen durch Matthias Thanner von der Erpressung und dem Mord an Franz Belling ...«

»So ein Quatsch ...«

»Absolut kein Quatsch. Sie fühlen sich sicher, weil Sie diese schriftliche Aussage verbrannt haben?« Habich beugte sich weit vor. »Pech gehabt, Herr Notar. Die Aussage war auch auf seinem Laptop gespeichert. Das ist aber noch nicht alles. Oder wie wollen Sie das Geld in dem Rucksack erklären, das wir bei Ihnen gefunden haben? Was, glauben Sie, werden unsere Ballistiker bei der Untersuchung der Waffe feststellen, wenn sie die Kugeln mit denen vergleichen, mit denen der junge Thanner erschossen wurde? Werden wir auf dem Baseballschläger aus Ihrem Kofferraum die DNA von Thanner finden? Sie stehen verdammt unter Erklärungsnot, habe ich das Gefühl«, trumpfte Habich auf.

»Wissen Sie was, Herr Hauptkommissar, ich sage jetzt kein Wort mehr.«

»Gut, wenn Sie es so wollen, dann warten wir die Ergebnisse ab. Sollten die Untersuchungen meine Vermutungen bestätigen, so brauchen wir kein Geständnis von Ihnen.« Habich erhob sich und verließ den Raum.

Zwei Räume weiter saßen sich Stefanie Rademann und Christoph Rautner gegenüber.

»Was wollen Sie von mir? Warum bin ich hier?«, fragte die junge Frau. Sie wirkte verstört und ihr Teint war noch einen Ton blasser, als er schon war.

»Das können Sie sich nicht vorstellen?«

»Nein.«

»Wir verdächtigen Sie des zweifachen Mordes an dem alten Belling und seiner Tochter. Sie haben mit Ihrem Geliebten, dem Notar Dr. Walther, gemeinsame Sache gemacht, um an das Hotel und den Gemüseanbau zu kommen.«

In diesem Moment öffnete sich die Tür und Jasmin trat herein. Sie legte ein Schriftstück vor Chris auf den Tisch. Der las es durch und hob den Kopf. »Wissen Sie, was ich hier habe?« Die Befragte schüttelte den Kopf. »Den endgültigen Beweis. Wir haben mit richterlicher Genehmigung eine Durchsuchung Ihrer Wohnung vorgenommen. Dabei ist uns ein Fläschchen mit einer Tinktur in die Hände gefallen, die wir in unserem Labor untersuchen ließen. Hier ist das Ergebnis. Sagt Ihnen ›Aconitum napellus‹ etwas. Umgangssprachlich als ›Blauer Eisenhut‹ bekannt. Daraus kann man Gift gewinnen. Aber was erzähle ich Ihnen, Sie kennen sich ja aus. Genau dieses Gift war in dem Fläschchen, und auf dem Fläschchen waren nur Ihre Fingerabdrücke. Mit dieser Substanz haben Sie zwei Menschen vergiftet. Wollen Sie immer noch die Ahnungslose oder Unschuldige spielen? Legen Sie ein Geständnis ab. Es wirkt sich strafmildernd auf Ihr Urteil aus«, redete Rautner ihr ins Gewissen. »Wir haben auch Dr. Walther verhaftet und genug Beweise, um ihn zu überführen. Über kurz oder lang wird er gestehen. Glauben Sie bloß nicht, dass er Sie dann verschont.«

Die junge Frau war kreidebleich. Jasmin, die neben dem Kollegen stand, beobachtete sie eingehend. Die Worte saßen Stefanie wie ein Kloß im Hals. Sie schwankte, sodass Jasmin Sorge hatte, die Verdächtige würde vom Stuhl kippen.

»Gehörte es eigentlich zum Plan, dass Sie sich an Matthias Thanner heranmachten, oder waren es von Ihrer Seite her ernste Absichten? Falls es was Ernstes war, muss es Sie doch schwer getroffen haben, dass der Notar den jungen Mann ermordete«, schaltete sich die Kommissarin in die Befragung ein.

Jasmin versuchte bei Stefanie Gefühle zu wecken und es

schien zu klappen. Die junge Kommissarin spürte, wie die Verhaftete einen inneren Kampf führte. Plötzlich zeigte sie Regungen. An ihren Gesichtszügen erkannte Jasmin, wie betroffen sie war. Schließlich gab die Befragte ihren Widerstand auf und begann zu weinen.

»So war doch das alles nicht geplant«, schluchzte sie. Unter Tränen begann sie zu berichten.

Die restlichen Untersuchungsergebnisse kamen noch am selben Tag. Laut Ballistik war die bei dem Notar gefundene Waffe die, aus der die tödlichen Schüsse auf Thanner abgefeuert wurden. Der Schläger konnte als das Tatwerkzeug für die Blessuren an dem Opfer identifiziert werden. Alles in allem waren die Beweise für die Beamten eindeutig. Über das »Warum« erfuhren die Kriminalbeamten anfangs nur etwas durch Stefanie Rademann, die ein umfassendes Geständnis ablegte. Dr. Milan Walther schwieg beharrlich. Er schien immer noch die Hoffnung zu haben, irgendwie aus der Sache herauszukommen. Man konnte ihm keine Fingerabdrücke auf den Tatwaffen nachweisen. Erst beim Rucksack und bei den Geldscheinen wurden die Männer der Spurensicherung fündig. An beidem fand sich DNA-Material beziehungsweise waren Fingerabdrücke von Matthias Thanner und Milan Walther. Erst als Hauptkommissar Habich den Notar mit den neuen Erkenntnissen konfrontierte, gab er sein Schweigen auf.

*

Es war Ruhetag im Hotel. Die wenigen Gäste waren bei dem herrlichen Sonnenschein tagsüber unterwegs. Das Restaurant war geschlossen. Claudia hatte sich wieder erholt und saß in dem kleinen Büro neben dem Empfang. Sie kümmerte sich um fällige Rechnungen, erstellte die Dienstpläne für die kommende Woche und schaute die Post durch.

Martin Belling war heute früh zum ersten Mal hinaus in den anderen Betrieb gegangen. Er wollte sich ein Bild von allem machen. Dort hatte immer noch Rudi, der dienstälteste Mitarbeiter, die vorläufige Leitung der Spargelernte übernommen. Dem jungen Belling wurde schnell klar, dass dies nur eine zeitlich sehr eng begrenzte Notlösung sein konnte. Rudi kannte die Arbeitsabläufe und Handgriffe, er wusste, wo was zu finden war und wie er die Arbeiter einteilen musste. Dagegen fehlten ihm Führungsqualitäten und der gesamtbetriebliche Überblick. Fürs Büro gab es Gott sei dank noch eine Frau, die als Halbtagskraft arbeitete und sich um den Schreibkram und die Bestellungen kümmerte. Sie hatte sich bereiterklärt für eine Übergangszeit – bis eine neue endgültige Regelung gefunden war – in Vollzeit zu arbeiten. Somit war vorerst weiterhin der betriebliche Ablauf gewährleistet.

Am späten Vormittag kam Martin Belling zurück. Er betrat das kleine Büro und setzte sich gegenüber von Claudia auf einen freien Stuhl. Sie hob den Kopf und lächelte ihn an.

»Wie soll es weitergehen?«, fragte er seufzend.

»Kommt darauf an, was Sie wollen, verkaufen oder behalten.«

»Was würden Sie machen?«

»Das ist nicht maßgebend«, schüttelte sie den Kopf. »Sie müssen entscheiden. Sie sind jetzt der Herr über das alles hier.«

Martin schaute die dunkelhaarige Frau mit dem Pagenschnitt durchdringend an. »Claudia, ich brauche Sie. Wollen Sie mir helfen, wenn ich das alles hier behalte?«

»Ich helfe Ihnen doch schon«, sagte sie weiterhin mild lächelnd, »oder was glauben Sie, mache ich hier?«

Ergeben nickte Martin. »Ich weiß, ich weiß«, sagte er und druckste rum. »Ich meine so in allem mit Rat und Tat und ...«

»Tut mir leid, um alles kann ich mich nicht kümmern. Vom Gemüseanbau habe ich keine Ahnung ... oder sagen wir, zu wenig. Ich weiß nur ein bisschen was von Matti ...« Claudia stockte bei dem Namen. »Aber das ist nicht genug.«

»Ach, das ist das kleinste Problem« winkte Martin ab, dann wurde er sarkastisch. »Ich durfte als Junge im Anbaubetrieb mithelfen, um mir mein Taschengeld zu verdienen. Wie unser Vater immer zu sagen pflegte: ›Nur wer Leistung bringt, hat was verdient.‹ Außerdem betraf ein Teil meines Studiums auch diese Richtung. Meine Schwerpunkte waren Botanik und Ökologie. Zudem habe ich gesehen, dass wir gute Mitarbeiter haben.«

»Was meinen Sie dann?«, runzelte Claudia die Stirn.

»Ich denke mir, er meint eher eine seelische und moralische Unterstützung. Nicht wahr, Herr Belling?« Bei diesen Worten öffnete sich die Tür, die nur angelehnt war, und Hauptkommissar Habich trat ein.

»Herr Hauptkommissar, was machen Sie denn hier«, fragte Martin überrascht. »Wie weit sind Sie in dem Fall?«

»Darf ich mich setzen, dann informiere ich Sie.«

»Gehen wir doch lieber ins Restaurant, da sitzt man besser und die Stühle sind bequemer«, schlug Claudia vor und stand auf.

Die zwei Männer folgten ihr nach nebenan in das leere Lokal. Claudia schenkte Getränke ein und nahm am Tisch Platz. Erwartungsvoll sahen sie und Martin den Kriminalbeamten an.

Habich atmete hörbar aus. »Der Fall ist abgeschlossen. Wir haben die Täter.«

»Nein, wirklich?«, rief Claudia überrascht aus.

»Sie sprechen in der Mehrzahl. Waren es mehrere?«, fragte Martin.

»Ja! Es waren zwei Personen.«

»Wer war es? Spannen Sie uns nicht auf die Folter«, bat der junge Belling.

»Es war der Notar Dr. Walther zusammen mit Stefanie Rademann.«

»Stefanie!«, fuhr Claudia überrascht hoch. »Oh mein Gott! Warum?«

»Der Notar!«, war Martin genauso entgeistert. »Von dem hätte es wohl niemand erwartet. Ja, aber warum haben sie das getan?«

»Habgier, Gewinnsucht und diese Dinge, immer dieselbe Leier. Mehr, mehr und immer mehr haben wollen. Bei Stefanie Rademann kam noch Neid dazu.«

»Neid! Auf wen oder was?«, fragte Martin Belling.

»Auf Sie, Frau Kramer.« Der Hauptkommissar wandte sich an die junge Frau. »Stefanie war neidisch auf Ihren Job, Ihre Verantwortung und Ihren Freund. Ihre Laborarbeit fand sie trist und eintönig. Sie wollte hier die Chefin sein ... Ihnen die Arbeit streitig machen ... Wahrscheinlich hätte sie Ihnen sogar gekündigt und sich gleichzeitig aufgrund ihrer neuen Position Matthias geangelt.«

»Das ist ja unfassbar«, sagte Claudia schockiert. »Ich hatte hinsichtlich ihr und Matthias schon länger einen Verdacht, aber so was wäre mir nie in den Sinn gekommen.«

»Das glaube ich Ihnen gerne«, nickte Habich. »Aber jetzt der Reihe nach. Der alte Belling hat mit seiner Überlegung, zu verkaufen, eigentlich selbst den Stein ins Rollen gebracht. Durch den Notar kam die Sacro-Invest ins Spiel, die ein Kaufangebot gemacht hat. Kurz darauf lernten sich Dr. Walther und Stefanie kennen und begannen ein Verhältnis miteinander. Dadurch erfuhr Stefanie Rademann von dem geplanten Verkauf der Belling'schen Betriebe und Milan Walther von den Besitzwünschen der jungen Frau. Dadurch muss bei dem Notar die Idee entstanden sein, selbst ein Angebot zu unterbreiten. Wir haben jetzt herausbekommen, dass Dr. Walther für solche Fälle neben seiner Kanzlei eine zweite Firma besitzt, die MiWa-Immobilien GmbH. Irgendwie hat Stefanie den Versprechungen Walthers, sie an dem Belling-Besitz zu beteiligen, nicht getraut, außerdem wollte sie alles alleine besitzen und hat daher später noch ihren Vater animiert mitzubieten. Hätte Belling verkauft, an wen auch immer, wäre vermutlich nichts passiert«, sagte Habich direkt an Martin gerichtet. »Erst als er nicht mehr verkaufen wollte, löste er damit die todbringenden Reaktionen aus ... oder vielmehr als er dem Notar seine vorgesehenen Erbschaftsregelungen unterbreitete. Sobald Matthias Thanner den Anbaubetrieb und Sie, Frau Kramer, das Hotel bekommen hätten, wären sämtliche Chancen, doch noch an die Betriebe zu kommen, hinfällig gewesen. Das war sowohl Dr. Walther als auch Stefanie Rademann klar. Also musste ein Plan her, um das zu verhindern, und der bedeutete den Tod von Heinz Belling, damit die geplante Regelung nicht in Kraft treten konnte. Die beiden hofften, dass die drei Kinder im Falle der Erbschaft kein Interesse hätten, die Geschäfte weiterzuführen. Dass Matthias Thanner erbberechtigt war, wusste zu diesem Zeitpunkt noch niemand, auch nicht der Notar. Somit stiegen die Chancen für den Verkauf wieder.«

»Das ist doch krank!« Martin schüttelte verständnislos den Kopf.

»Es wird noch kränker«, antwortete Habich. Wieder richtete er sein Wort an den jungen Belling. »Stefanie belauschte am Tag Ihrer Ankunft ein Gespräch zwischen Ihrem Vater, Ihnen, Nicole und Franz.«

»Sie meinen sicherlich die Unterhaltung beim Abendessen im Nebenzimmer des Restaurants?«

»Genau! Stefanie war hier, um zu handeln, denn am nächsten Tag wäre ja der Notartermin gewesen. Als sie das mit dem Spargelsalat hörte, kam ihr die Idee. Sie kannte sich in der Küche aus und niemand wurde hinsichtlich ihrer Anwesenheit misstrauisch. Der Rest war für Stefanie ein Kinderspiel.«

»Und was war mit Nicole? Warum musste sie sterben?«, wollte Martin wissen.

»Am Tag der Beerdigung belauschte Stefanie Rademann ein zweites Gespräch. Diesmal zwischen Ihnen und Ihren Geschwistern. Dabei ging es eben um diese wichtige Frage, behalten oder verkaufen ...«

»Ich erinnere mich.« Martin nickte. »Wir waren uns uneinig, was weiter geschehen sollte. Ich wollte verkaufen, Nicole hatte andere Pläne. Franz war noch unschlüssig, tendierte aber eher zu unserer Schwester.«

»Richtig! Das gab den Ausschlag für den zweiten Mord. Nicole war die Befürworterin der Idee, die Unternehmen zu behalten. Das war ihr Todesurteil. Stefanie wurde sofort klar, dass Nicole die treibende Kraft war und ihr Bruder Franz ohne sie nie und nimmer die Betriebe alleine weitergeführt hätte. Sie, Herr Belling, stellten keine Gefahr dar, da Sie ja vehement für den Verkauf stimmten.«

»Wahnsinn, was für ein gewissenloser Plan«, sagte Martin erschüttert. »Und warum auch noch Franz ... und mein Halbbruder?«

»Das waren ›unglückliche Umstände‹, wie Dr. Walther es nannte. Die Morde gehen auf sein Konto. Walther musste selbst aktiv werden, weil Stefanie sich geweigert hatte, die Aufgabe zu übernehmen. Er wollte die Unterlagen über die beiden Angebote von Sacro-Invest und seiner eigenen Firma vernichten. Einerseits wollte er die Namen aus den Morduntersuchungen raushalten und andererseits hatte er die Hoffnung mit einem neuen, preisgünstigen Angebot irgendwann später wieder verhandeln zu können. Dass er bei dem Einbruch auf Ihren Bruder traf, war unglücklich, aber nicht gewollt. Genauso wenig wie der Umstand, dass Matthias Thanner Zeuge des Mordes wurde und den Notar danach erpresste.«

Diesmal mischte sich Claudia Kramer ein. »Warum war Matti in der Wohnung und warum musste er so verrückt sein und den Notar erpressen?«

»Warum er in der Wohnung war, können wir nur vermuten. Wir denken, er wollte betroffene Unterlagen verschwinden lassen, die beweisen würden, dass er in die Firmenkasse gegriffen hatte ...«

»Matti ein Dieb, niemals!«, ereiferte sich Claudia.

»Tut mir leid, Ihnen da was anderes sagen zu müssen. Es war tatsächlich so. Wir fanden ein schriftliches Geständnis darüber und eine Zeugenaussage zu dem Mord an Franz Belling auf seinem Laptop. In dem Geständnis hat er zugegeben, über einen Zeitraum von über einem Jahr Betriebsunterlagen manipuliert zu haben, um Gelder abzweigen zu können. Scheinbar fühlte er sich unterbezahlt ... und außerdem ...«, Habich zögerte bei den Worten, »... außerdem ist er bei Stefanie großzügig mit seinem Geld umgegangen, wenn sie alleine unterwegs waren. Das hat sie uns erzählt. Matthias' Pech war, dass Walther cleverer war als er. Bei der Geldübergabe hat Walther einen GPS-Sender mit in den Geldsack gepackt. Dadurch konnte er den Erpresser verfolgen und stellen. Na ja, die Details erspare ich Ihnen jetzt, Sie wissen ja, was letztendlich passiert ist«, beendete der Hauptkommissar seinen Bericht.

Es herrschte andächtige Stille in dem großen Raum. Jeder hing seinen Gedanken nach. Die beiden jungen Leute versuchten das Gehörte zu verarbeiten und Habich ließ ihnen die Zeit.

»Und um uns das zu sagen, sind Sie heute nochmal hier herausgekommen?«, fragte Martin.

»Nein, nicht nur. Ich wollte Bescheid geben, dass der Leichnam von Matthias Thanner freigegeben wurde. Sie werden sich sicherlich um die Beerdigung kümmern wollen. Und es gibt noch einen Grund, weswegen ich hier bin. Ich weiß nicht, inwieweit ich reden darf ... es geht um die Sache in Frankfurt«, deutete der Hauptkommissar mit einem kurzen Seitenblick auf Claudia an.

Claudia verstand sofort und erhob sich. »Ich werde Sie alleine lassen, dann können Sie ungestört reden.«

»Nein, nein, bitte bleib!« Ohne es zu merken hatte Martin die junge Frau geduzt. Er hielt sie am Arm fest. Sie schauten sich kurz in die Augen und Claudia verstand. Er wollte reinen Tisch machen und sie sollte dabei sein. »Bitte reden Sie, Herr Kommissar«, forderte er Habich auf.

»Na ja, es steht doch da noch diese dubiose Verbindlichkeit von Ihnen im Raum. Diese Schulden von ... na sagen wir mal, zweifelhafter Herkunft. Aber sie sind nun mal da und werden sicherlich über kurz oder lang von Suker und seinen Leuten eingefordert, wenn Sie nichts dagegen tun.«

»Was soll ich dagegen tun?«

»Die Kollegen in Frankfurt unterstützen ...«

»Und wie?«

»Indem Sie ihnen helfen Valentin Sukers illegale Spiele zu beenden und ihn dingfest zu machen ...«

»Wie soll das gehen?«

»In etwa so, dass Sie wieder Kontakt mit Suker aufnehmen, ihm von Ihrer Erbschaft erzählen und ihm zu verstehen geben, dass Sie gerne wieder ein Spielchen wagen würden. Die Kollegen werden Sie im Auge behalten, können so in Erfahrung bringen, wo gespielt wird, und nehmen den Laden hoch. Außerdem hilft es, wenn Sie gegen Suker aussagen. Vielleicht trauen sich dann auch andere Geschädigte, als Zeugen gegen ihn aufzutreten. Der angenehme Nebeneffekt für Sie ist: Ihre finanziellen Verpflichtungen lösen sich in Luft auf. Was sagen Sie dazu?«

Nachdenklich sah Belling vor sich hin, dann blickte er abwechselnd zu dem Hauptkommissar und der jungen Frau.

»Martin, wenn Sie hier einen Neuanfang machen wollen, müssen Sie erst in Ihrer Vergangenheit aufräumen«, redete Claudia ihm ins Gewissen.

Selbstbewusst nickt der junge Mann. Er hatte sich zu einer Entscheidung durchgerungen. »Okay, versuchen wir es. Was muss ich tun?«

»Rufen Sie Hauptkommissar Rauscher in Frankfurt an und stellen Sie sich zur Verfügung.« Habich erhob sich. »Für mich ist der Fall damit abgeschlossen. Schließen Sie Ihren auch ab.«

Der Kommissar lächelte und blickte bedeutungsvoll auf Claudia, die ebenso wie Martin aufgestanden war. Die zwei jungen Leute begleiteten den Polizisten hinaus. Vor dem Hoteleingang blieben sie stehen und verfolgten, wie Habich in seinen Wagen stieg und davonfuhr.

Als er verschwunden war, wandte sich Martin der jungen Frau zu. »Du hast mir immer noch keine richtige Antwort gegeben.«

»Dann sag klar und deutlich, was du willst, und sprich nicht immer in Rätseln«, sagte sie mit einem liebevollen Blick.

»Na ja, vielleicht deine Hilfe in allen Lebenslagen und ... und ein bisschen mehr«, sagte Martin fast zaghaft und schüchtern.

»Darüber lass uns drinnen in Ruhe reden.« Sie hakte sich bei ihm ein. Gemeinsam gingen sie ins Hotel zurück.

*

Martin Belling half der Frankfurter Polizei, Valentin Suker und seine Helfershelfer wegen illegalen Glücksspiels zu überführen. Er stellte sich als Zeuge zur Verfügung. Parallel dazu wurde auch Sanja Suker wegen Steuerhinterziehung, räuberischer Erpressung und anderer Delikte als Mittäterin bei den Machenschaften ihres Cousins angeklagt. Die Festnahmen der Sukers und Martins Bereitschaft auszusagen löste eine Welle weiterer Aussagen Geschädigter aus.

Gleichzeitig lief der Prozess gegen den Notar Milan Walther und seine Komplizin Stefanie Rademann, die beide wegen Doppelmord angeklagt und verurteilt wurden.

In Albertshofen hatte man derweil das letzte Opfer, Matthias Thanner, und mit ihm Claudia Kramers Vergangenheit beerdigt. Franz Belling war von seiner Familie in Stuttgart beigesetzt worden. Nicole fand auf Wunsch ihres Mannes und zum Leidwesen von Paul Edmond in München ihre letzte Ruhestätte.

Martin Belling hatte sich entschieden, die Betriebe mit Hilfe von Claudia weiterzuführen. Zwischen beiden entstand eine große Harmonie, die für die Zukunft auf mehr hoffen ließ.

Von Alexander Pelkim sind außerdem erschienen:

Späte Auslese
Tatort Iphofen
224 Seiten · Broschur
ISBN 978-3-939103-49-3
10,90 Euro

Mörderische Fastnacht
Tatort Kitzingen
224 Seiten · Broschur
ISBN 978-3-939103-62-2
10,90 Euro

Alexander Pelkim
Tödlicher Spargel

Gestaltet von Peter Hellmund
Gedruckt und gebunden von Pressel-Druck

Zweite Auflage 2015
ISBN 978-3-939103-51-6

www.buchverlag.hellmund.de